Los vecinos de lady Chester

Los vecinos de lady Chester

Título original: *The Semi-Detached House*

Autora: Emily Eden (1797-1869)

Traducción a partir de la edición inglesa de 1859.

Estación de Chamartín s/n, 1ª planta
28036 Madrid
www.librosdeseda.com
www.facebook.com/librosdesedaeditorial
@librosdeseda
info@librosdeseda.com

Diseño de cubierta: Gemma Martínez Viura
Maquetación: Pedro Martínez Osés
Imágenes de la cubierta: © Ildiko Neer/ Trevillion Images (dama);
©Konmac/Shutterstock (casa de fondo)

Primera edición: septiembre de 2022

ISBN: 978-84-17626-83-9
Depósito legal: M. 19483-2022

suspirar ante la madre afligida a causa del sacrificio que había hecho por el legado de la amada a la que había perdido.

—Niñas, me pregunto qué dirá el pobre Willis cuando sepa que han alquilado Pleasance.

—Algo muy desagradable, mamá —contestó Janet.

—Ay, queridas, ¡sois muy duras con el pobre Willis! Estoy segura de ello cuando pienso en mi pobre Mary; seguro que era muy buena esposa. Siento mucho respeto por el rostro melancólico y los suspiros profundos de su querido marido.

—Pero, mamá, ¿acaso no recuerdas que, cuando Mary le aceptó y él vino a pedir tu consentimiento, dijiste que parecía muy triste y que suspiraba tanto que sentías que estabas aceptando un funeral más que una boda?

—¿Eso dije? —comentó la señora Hopkinson, intentando no reírse—. Bueno, nunca estuvo entre los más alegres, pero no hablemos más de ello porque ya está aquí. Willis, hoy Charlie está un poco mejor. Y, ¡mira!, han alquilado Pleasance.

—Claro que sí —contestó él con voz sepulcral.

—Bueno, es un lugar bonito; no puede sorprendernos que alguien lo alquile aunque haya estado vacío tanto tiempo.

—Eso no me importa, es problema de Randall, pero a mí me gustaba ir allí a fumar un cigarro en paz o a dar un paseo solitario por el río y, además, a mi hijo le venía bien jugar en el jardín. Es decir, que como era un consuelo para mí, era evidente que otra persona acabaría alquilándola. ¡Solo digo eso!

Janet y Rose trataron de llamar la atención de su madre, pero ella contemplaba con compasión a Willis, el exiliado de Pleasance.

—El que la ha alquilado es un lord algo. Dios mío, ¡menuda cabeza la mía!, no recuerdo nada. ¿Cómo se llamaba? Era una de nuestras grandes ciudades: lord Leeds, lord York, lord Birmingham... ¿Puede ser alguno de esos?

—Creo que no, ya que no existen esas personas. Me gustaría, señora Hopkinson, poder persuadirla para que leyera el Nobiliario[4] más a menudo, ya que me molestan semejantes equivocaciones.

—Dios mío, Willis, serías un mago si me persuadieras para que lo leyera. Bien podrías pedirme que leyera una lista de los líderes rojos de Marruecos. —La señora Hopkinson pensaba que toda la población de Marruecos era de un color rojo vivo—. Es tan probable que me encuentre con ellos como con todos esos nobles que siempre estás estudiando.

—Mis estudios son mucho más serios —dijo él con brusquedad—. El *Nobiliario* no sirve de mucho para un corazón roto, pero no creo que haya que sentirse orgulloso de ser ignorante en cualquier asunto.

La señora Hopkinson estaba ensimismada.

—¡Chester! —dijo al fin en un arrebato que hizo que el señor Willis adoptase de inmediato una actitud que indicaba un dolor de cabeza causado por los nervios—. Lord Chester, ¡ese era el nombre!

—El vizconde Chester, hijo del conde de Chesterton, casado el año pasado con Blanche, hija del honorable

[4] N. de la Trad.: Libro que recoge la lista de familias nobles de Inglaterra y sus genealogías.

W. Grenville. Los conocí esta primavera en la cena del alcalde. Son las personas más frívolas y a la moda que haya visto nunca: son todo joyas, risas y frivolidad. ¡Vanidad de las vanidades!

—¡Ay, qué divertido! —exclamó Rose—. Una pareja joven, alegre y encantadora. ¡Qué contenta estoy! Me atrevo a decir que celebrarán bailes y banquetes, que siempre habrá carruajes en la calle y quizá, a veces, una banda en el jardín. Te pondrá de buen humor, Charles —añadió con un ademán recatado.

Él apoyó la cabeza entre las manos con un gesto de dolor agudo.

—¿Te duele la cabeza, Charles?

—Un dolor más o menos no significa nada para mí; es normal que tenga dolor de cabeza. ¿Nadie ha descubierto de quién es ese guacamayo espantoso? Lleva todo el día chillando.

Es un hecho remarcable de la historia natural que, en todos los barrios de los alrededores de Londres compuestos por casas independientes que los subastadores denominan «pequeñas y elegantes» o de hileras de casas adosadas descritas como «residencias de primera clase», siempre hay un guacamayo invisible cuyos chillidos logran que la calle o el barrio permanezca en un estado constante de irritación. En Dulham, nadie admitía tener uno y descubrirlo resultaba imposible ya que, allí, como en todos los barrios de las afueras, los habitantes vivían por y para Londres. Los hombres acudían diariamente a sus oficinas o contadurías y las mujeres dependían de largas visitas matutinas a sus amigos y conocidos de Londres para hacer vida social y aquellos, como señalaban con mucho orgullo, no visitaban Dulham. Así que el guacamayo seguía chillando y, como aquel ruido parecía proceder de cincuenta casas a la vez, todos sospechaban que eran los demás quienes ocultaban semejante atrocidad emplumada. El número 3 mandaba un recado al número 5 para pedir que se silenciase al pájaro durante unos días, ya que el bebé del número 3 no dejaba de asustarse y no conseguían que dejara el pecho. El mensajero del número 3 se cruzaba con la criada que se encargaba de todas las tareas del número 5 y que portaba la atrevida petición de que despachasen al guacamayo, ya que «la suegra de la señora sufre de dolores de cabeza terribles y se está volviendo loca». Como ninguna de las partes tenía siquiera un pardillo por pájaro, tal negociación no conseguía acabar con la molestia.

En una ocasión, parecía haber esperanza de haber resuelto el misterio. Una anciana de aspecto peculiar entró en la iglesia con plumas de loro en el sombrero. Una oleada de codazos y murmullos suaves de la palabra «guacamayo» recorrió la estancia. Contemplaron a la dama con tanto aborrecimiento que nadie le ofrecía un asiento y ninguna suma de dinero le hubiese ayudado a conseguir un himnario o un escabel. La pobre anciana se hubiese desmayado en el pasillo si el encargado de los bancos no le hubiese cedido su propia banqueta de tres patas. Más tarde se descubrió que la mujer no conocía el lugar y que había confundido al tedioso señor Bosville con un predicador famoso que tenía el mismo nombre y que oficiaba en una iglesia que estaba a ocho kilómetros. Como estaba más sorda que una tapia, se marchó maravillada por el sermón y el guacamayo siguió chillando de forma anónima.

El animal era un tesoro para el señor Willis, pues suponía un agravio a todas horas y todos los días, así que él se aprovechaba de la situación todo lo posible. Aquella mañana, tras varios suspiros magníficos, se retiró con una mirada de soslayo a su hijo y una exclamación ronca de «¡pobre pequeño sufridor!». Sin embargo, por la tarde, cuando las niñas habían salido a dar un paseo, la señora Hopkinson se sorprendió al ver que regresaba con el abrigo negro abrochado hasta el último botón, sin un solo rastro visible de blanco. Aquello siempre auguraba una visita adusta y muy buenos consejos.

—¡Mire, señora, mire aquí!

Entonces, le mostró uno de aquellos periódicos semanales de mala reputación.

—¡Jesús, querido mío, el *Weekly Lyre*! Gracias, aunque nunca leo ninguno de esos periódicos abominables. Llévatelo, pues tengo miedo de que lo vean las niñas.

—Señora, es por el bien de las niñas por lo que debe leer el párrafo que le he señalado.

La señora Hopkinson estaba tentada de ponerse unos guantes antes de tocar lo que le parecía veneno. Tenía un par de guantes horribles de color verde oscuro que parecían perfectos para tocar el *Weekly Lyre*. Una línea gruesa y negra, obra de Willis, rodeaba el siguiente párrafo:

> «ESCÁNDALO EN LA ALTA SOCIEDAD:
> Es nuestro triste deber informar de la separación de una pareja joven y noble, cuya aparición ante

el altar de Hymen[5] relatamos unos meses atrás. No sabemos si lo que ha causado este *dénouement* ha sido la ligereza de la dama o el temperamento del caballero, pues abundan los rumores de todo tipo. Una corte extranjera y una villa a menos de cien millas de Londres son los escenarios de varias anécdotas *piquants*. Nos abstenemos de decir si dicha villa está en posesión de la esposa de su señoría o de su *chère amie*».

—Y bien, señora, ¿qué me dice de eso? —preguntó Willis, cruzando los brazos y tratando de parecerse a John Kemble[6] todo lo posible.

—Bueno, querido, no es mucho peor que algunos párrafos que he leído en la mayoría de los periódicos decentes. He visto cosas así en el *Illustrated*. Es curioso que la nobleza tenga «*chère amies* y anécdotas *piquants*», pero supongo que los de nuestra clase tenemos las mismas cosas, solo que con nombres en inglés. No es que John y yo viviéramos un escándalo alguna vez, gracias a Dios. Willis, estoy en deuda contigo por haberme prestado el periódico, pero ahora te agradecería que lo guardaras en tu bolsillo, ya que temo que las niñas vuelvan a casa.

—Pero ¿no se da cuenta de lo que significa, señora? ¿Acaso no se anunció el matrimonio de lord Chester en este mismo periódico hace seis meses? ¿No se marcha a una corte extranjera? ¿Acaso no ha alquilado una villa

[5] N. de la Trad.: Dios griego de las ceremonias matrimoniales.

[6] N. de la Trad.: Sacerdote inglés martirizado durante el reinado de Carlos II (1630-1685) y venerado como santo de la Iglesia Católica.

que no está a más de ciento sesenta y poco kilómetros de Londres y a la que va a llevar a vivir a una dama cuyo nombre no conocemos? ¡Qué gran vecina para usted, señora Hopkinson!

—¡Ay, cielo santo, Willis! ¿No querrás decir que lord Chester va a alojar a su amante en la casa de al lado, junto a la escalera trasera que da al jardín? ¡Y además en Dulham, que es un lugar tan tranquilo y respetable! Déjame que lea de nuevo ese dichoso periódico. Tienes que tener razón. ¿Qué hago yo ahora?

—Soportar la adversidad como yo, señora, con alegría. Por suerte, mi casa está a media milla de aquí.

—¡Y nosotras estamos bajo el mismísimo techo de Pleasance! Cerraré y cubriré la ventana de la escalera de inmediato. La casa estará totalmente a oscuras, pero no se puede hacer nada al respecto. Adiós, Willis, debo marcharme para tomar precauciones. ¡Esto sí que es un problema!

Willis se llevó su periódico con algo que podría haber sido una sonrisa si no hubiese sido Willis, y la señora Hopkinson se preparó para levantar su propia fortaleza contra los vicios de la nobleza.

Para ser justos con el *Weekly Lyre*, debemos añadir que el párrafo en cuestión no hacía ninguna referencia ni a lord y *lady* Chester ni a ningún otro lord o *lady* de los dominios de su majestad. Se trataba de un párrafo de relleno que insertaban de vez en cuando con algunas variaciones siempre que el editor estaba desesperado por encontrar más noticias.

Capítulo 3

Arthur se había ido. Llevó a su esposa a Pleasance y pasó un día allí con ella para poder imaginar cómo viviría mientras él estuviese fuera. Después se marchó, no sin haber prometido con total seguridad que no bailaría con *madame* Von Moerkerke.

—Ya que insistes, no lo haré; pero no puedo entender por qué estás celosa de esa mujer insignificante cuyo único mérito es vestir bien.

—Arthur, querido, recuerda el baile en L House; le dedicaste todo tu tiempo a ella y no hablaste conmigo en ningún momento.

—No hice tal cosa. Recuerda la mañana de ese día, cuando dejaste que aquel tipo, Hilton, cabalgase a tu lado durante dos horas y pasaste toda la cena hablando con él. Entonces hice la promesa de que nunca volvería a hablarte y, con la ayuda de la angelical Moerkerke, pude mantenerla durante una noche entera. Al día siguiente, como bien sabes, me vi obligado a romperla para poder decirte que no podía vivir sin ti.

Blanche sintió el cariño que le transmitían aquellas palabras incluso cuando Arthur ya no estaba, pero, aún así, él se había marchado. Lloró hasta quedarse dormida, lloró cuando se despertó y lloró cuando llegó Aileen. Cuando el doctor Ayscough fue a visitarla, le soltó una buena regañina, asegurándole que acabaría con su salud y sus esperanzas si se comportaba de una manera tan tonta. Además, señaló que no veía ningún motivo para llorar: la señora Ayscough había estado todo el verano en Gales con su madre y él no había ido a llorarle a todos sus pacientes. Le pidió a Aileen que colocasen un sofá en el jardín y que hiciese que su hermana pasase la tarde al aire libre. Entonces, llegó una carta afectuosa de Arthur y, después de eso, todo mejoró bastante. Blanche tenía que enseñarle la casa a Aileen, debían recorrer el jardín y, además, por el río subían todo tipo de barcazas rojas y doradas transportando a personas bien vestidas que parecían un poco idiotas bailando frenéticamente bajo el sol ardiente. La tía Sarah y un par de amigas íntimas fueron a visitarla y sintieron envidia por los árboles de Blanche, que daban mucha sombra, así como por el frescor del río. Incluso llegaron a insinuar que Arthur había tenido mucha suerte al haber conseguido un trato tan bueno. Sin embargo, aquel era el límite de Blanche, que se negó en varias ocasiones a recibir semejante consuelo. Tuvo varias visitas la primera semana y, así, tal como Janet y Rose habían esperado, la calle Dulham estuvo muy animada.

Sin embargo, la señora Hopkinson se sentaba con la espalda ancha mirando hacia la ventana, negándose con obstinación a contemplar toda la maldad sobre ruedas que pasaba frente a su puerta. Se había dado cuenta de que su plan de cerrar las ventanas acabaría, con toda probabilidad, en una caída por las escaleras estrechas, así que les había dicho a las niñas que no mirasen por la ventana, ya que el pobre Willis tenía motivos para creer que la gente de la casa de al lado no era respetable. Como Janet y Rose conocían muy poco de los asuntos mundanos, tenían un deseo continuo de frustrar los planes de Willis y estaban especialmente ansiosas por saber si los volantes o las faldas dobles eran la moda predominante, estaban molestas por verse excluidas de su único punto de observación. Charlie echaba de menos airearse en el jardín y, en general, la llegada de *lady* Chester había sumido al grupo de los Hopkinson en la tristeza.

Cuando llegó el domingo, sufrieron un nuevo agravio. A los Hopkinson se les había permitido utilizar el banco de la iglesia que pertenecía a Pleasance, pero, en aquel momento, estaba ocupado por *lady* Chester y su hermana. El pequeño revuelo causado por el intento de encontrar un asiento para la señora Hopkinson, que tenía unas dimensiones considerables, hizo que Blanche alzase la vista y, con un gesto muy natural de buena educación, abriese la puerta de su banco e hiciese señas a la mujer para que entrase. Así lo hizo y, entre el calor del día y pensar en qué diría Willis cuando la viese sentada con aquella dama de carácter dudoso que había sufrido un «escándalo en la alta sociedad», apenas podía respirar. Se encerró a sí misma en una palizada de libros de himnos y oraciones, se sentó cerca de la puerta del banco, lista para salir de allí rápidamente ante la más mínima muestra de ligereza por parte de sus compañeras, y solo fue capaz de aguantar sentada todo el servicio a fuerza de abanicarse mucho. Cuando acabó la misa, antes de que las hermanas hubiesen terminado sus oraciones, desapareció de allí.

—Esa pobre mujer parecía estar sufriendo muchísimo por este tiempo tan caluroso —dijo Aileen.

—Sí, y yo sentí el calor de la pobre mujer, ¿tú no? Era como si hubiesen colocado una estufa en el banco. Pero me alegro de haber podido proporcionarle un asiento, parecía preocupada. ¡Qué sermón tan bueno! Creo que deberíamos conocer al clérigo, pero no sé cómo abordarle.

—Pretendo ir a la escuela y supongo que él se encargará de eso —dijo Aileen.

Así pues, las hermanas volvieron a casa dando un paseo. Mientras tanto, la señora Hopkinson se había reunido a toda prisa con sus hijas y Willis, que habían encontrado sitios en la galería. Casi no pudo esperar a estar fuera de la iglesia para comenzar a hablar.

—¡Pobre de mí! Ojalá me hubiese esforzado por subir a la galería con vosotras, niñas. Willis, ¿dónde crees que me he sentado?

—¿En una de las tumbas, señora? —preguntó él de forma sombría.

—No, querido, en el banco de Pleasance. De hecho, en el mismo banco que una de esas mujeres pasmosas que han sufrido un escándalo. Nunca me había sentido tan incómoda. Son muy guapas y, lo que es más raro, estuvieron muy atentas durante el servicio, no apartaron la vista de sus libros de oraciones y parecen demasiado jóvenes para ser tan malvadas.

—Olvidé decirle que el periódico debió de cometer un error —dijo el señor Willis en su tono más lento y autocomplaciente—. El pasado jueves, vi a la auténtica *lady* Chester y a su hermana pasar en carruaje y pararse ante la puerta. Tiene unos caballos preciosos.

—¿Has sabido que se trataba de la esposa desde el jueves? —dijo la señora Hopkinson, haciendo un alto en su caminar pesado y volviéndose hacia su yerno—. ¿Y no me lo contaste? Ahí estaba yo, en la iglesia, imaginando todo tipo de cosas horribles sobre esas jovencitas preciosas, y todo por tu culpa y la de tu *Weekly Lyre*. Si vuelves a traer a casa ese periódico, le prenderé fuego. Lo haré, créeme.

Por su gesto, parecía que era probable que envolviese a Willis con el periódico antes de que comenzase el incendio. Él casi se sintió asustado, ya que su suegra pocas veces se ponía en su contra.

—No sabía que le importase tanto. Desde luego, a mí, que ya no puedo sentir interés por la vida, sí que me sorprende verla tan emocionada por una mujer que se ha separado de su marido.

—Pero no sabemos si lo ha hecho, eso es solo lo que dice tu periódico. Además, si de verdad lo ha hecho, probablemente sea culpa de lord Chester. Me he fijado que siempre, cuando un hombre y su esposa se separan, el marido resulta ser un bruto. Y pensar en cómo me he comportado, soplando y resoplando, marchándome sin tan siquiera dar las gracias, y todo a causa del *Weekly Lyre*…

La bondadosa mujer se sentía realmente irritada; tanto que no veía cómo podría arreglarlo. Sin embargo, la fortuna le sonrió.

Lady Chester estaba bastante cansada por el esfuerzo matutino, así que Aileen asistió sola al servicio de la tarde y se encontró con que la mujer robusta de la mañana salía de la casa adyacente acompañada por sus dos hijas esbeltas. Llegaron juntas a la puerta de la iglesia y Aileen dijo:

—Si no disponen de asiento, mi hermana no va a venir a la iglesia, por lo que habrá espacio suficiente en nuestro banco para todas ustedes.

Estaba sorprendida al ver el cambio de apariencia que había sufrido la señora Hopkinson desde la mañana. Su rostro bien humorado mostraba su gesto benevolente habitual; a pesar de que el termómetro marcaba varios grados más, parecía refrescada y su agradecimiento fue tan cordial que Aileen se sintió complacida de que su pequeño gesto cívico hubiese sido tan valorado.

—¿Quién crees que era la dama que se ha sentado con nosotras esta mañana? —dijo Aileen cuando se reunió con Blanche en el jardín.

—¿Cómo podría saberlo, querida? Evidentemente, una mujer perturbada y muy incómoda en su propia piel, pero no tengo ni idea de quién es.

—La vecina Hopkinson —contestó Aileen en voz baja.

—¡No me digas! Escribe de inmediato una nota a la tía Sarah y ruégale que venga, vea a mis vecinos y juzgue por sí misma si tengo o no mucha imaginación. Dije que la señora Hopkinson estaría muy gorda, y así es. ¿No te fijarías en si llevaba mitones, verdad, Aileen?

—No me he fijado en cómo iba vestida esta tarde, pero tengo un recuerdo borroso de un mitón sujetando un abanico esta mañana.

—¿De verdad? —dijo Blanche con alegría—. Dile a la tía Sarah que venga pronto y que, por lo menos, pase aquí todo el día. Se han verificado dos de mis desvaríos y tal vez las niñas comiencen a practicar *Partant pour la Syrie* mañana.

—Son chicas bonitas y no creo que la madre te hubiese parecido tan gorda esta tarde —comentó Aileen—. Además, parecía tan tranquila que no logro entender por qué estaba tan inquieta por la mañana. De todos modos, no es asunto nuestro. Y ahora, Blanche, entra dentro, está empezando a caer el rocío.

La tía Sarah llegó y, tras haber admitido el asunto del tamaño y de los mitones, sugirió que no podían afectar de ninguna manera al bienestar diario de Blanche. Mientras estaba sentada con sus sobrinas junto al río, un bote se acercó al embarcadero y la voz alegre de Edwin Grenville saludó a sus hermanas.

—¿Podrías darnos algo de comer, Blanche? Estamos famélicos y cansados.

—Entonces, por favor, pasad y comed. Pero ¿a quién te refieres con «nosotros»?

—Harcourt, Grey y Hilton.

—Hilton —susurró Blanche—. ¡Ay, tía Sarah! Ojalá Edwin no le trajese aquí. Arthur se enfadará muchísimo.

—No veo por qué —dijo Aileen rápidamente, sonrojándose hasta las orejas.

—Ambas sois demasiado jóvenes para recibir visitas matutinas de los compañeros de Edwin —comentó la tía Sarah—, y así pienso decírselo. Desde luego, puedo empezar a comportarme de forma tan desagradable con sus amigos que estarán encantados de volver a marcharse.

Sin embargo, la tía Sarah se equivocaba bastante. Todos sus comentarios sucintos y desaires prudentes fueron recibidos por los jóvenes como bromas excelentes y, cuando al fin se marcharon, Harcourt le comentó a Grey que era una anciana muy alegre y que esperaba que estuviese allí la próxima vez que visitaran Pleasance. Aun así, cuando Aileen estaba paseando junto al río con tres de los caballeros, Blanche aprovechó la oportunidad para decirle a su hermano que, aunque habían sido una compañía muy agradable y, aunque siempre se alegraba de verle a él, tal vez sería mejor que no trajese a sus amigos de nuevo ya que, dado que tenía ciertos prejuicios hacia el coronel Hilton, podría ser que Arthur se disgustase.

—¡Tonterías, Blanche! Debes quitarle esos prejuicios a Arthur. Lo mejor de todo es que fue Hilton el que sugirió atracar aquí.

—De eso se trata —dijo Blanche.

—¿Se trata de qué? —insistió Edwin—. Blanche, pensaba que lo mejor de que estuvieras casada era que podrías ser una carabina seria y sobria para Aileen.

—Soy muy seria y, como dirías al hablar de tu caballerizo, también soy bastante sobria y firme; pero sabes que solo tengo dieciocho años, Edwin, Arthur está lejos y, teniendo en cuenta todas las circunstancias, hubiese sido mejor que vinieras solo.

—¡Vaya! Nunca había escuchado tantas tonterías, ¿verdad, tía Sarah?

—No, querido, creo que es un juicio excelente, bastante original. Yo misma no lo habría expresado mejor y, ya que la marea ha cambiado, será mejor que os marchéis. Adiós, Edwin, hoy has tenido suerte con las corrientes; en general, me parece que van en la dirección equivocada. Aileen, despídete de tus amigos. Vamos a entrar ya, Blanche está cansada.

Y de aquel modo, todos se dispersaron.

—Me alegro de que la tía Sarah estuviese aquí —le dijo Blanche a su hermana—. Debo contarle a Arthur lo que ha ocurrido y explicarle que yo no he tenido nada que ver con que el coronel Hilton haya venido. Lo siguiente que va a pasar es que nos enteraremos de que Arthur ha estado bailando el vals con esa horrible *madame* Von Moerkerke.

Aileen sonrió, pero no dijo nada, aunque estuvo de tan buen humor el resto del día que resultaba obvio que, al menos ella, no temía ni a Arthur ni a ninguna posible rival.

Capítulo 4

Ese mismo día tuvo lugar el triste acontecimiento que era la cena anual que el señor Willis ofrecía a su suegra y sus cuñadas. Janet y Rose suspiraron y gruñeron bastante antes de marcharse ya que, tal como señalaban justamente, nada complacía a Charles y, puesto que ellas no sentían placer alguno al ver su cara melancólica dos veces el mismo día en lugar de solo una, les resultaba difícil tomarse la molestia de arreglarse y perder una tarde de comodidad en casa.

—Hace ya tres años que murió la pobre Mary. Creo que debería invitar a una o dos personas más a la reunión. Es absurdo que estemos los cuatro sentados en ese salón sombrío sin nada que decirnos los unos a los otros. Siempre siento como si fuese a perder el uso de las extremidades antes de que se acabe el primer plato; me da un calambre en el pie y un dolor de cabeza muy peculiar. Creo que en los libros de medicina lo llaman «el dolor de cabeza de Charles».

—Sí —dijo Rose—. Y, después, mamá siempre nos dice: «Me gustaría que no parecieseis tan abatidas cuando cenamos en Columbia Lodge, ya que un poco de compañía alegre le hace mucho bien al pobre Charles». Aunque no sé qué conexión hay entre Charles y la alegría, más allá de que las dos palabras contienen la letra «a».

—Hoy debemos esforzarnos. Tengo la intención de hablarle de todos esos jóvenes que han recalado en Pleasance, del precioso vestido lila de *lady* Chester, de la anciana que vestía de gris y del gran carruaje que llegó después con el blasón del duque. Pero, de algún modo, siempre que consigo reunir unos cuantos temas de conversación ligeros, Charles se parece tanto a una plañidera en un funeral que no soy capaz de hablar de ellos. Al menos, nos queda el consuelo de que podemos ponernos los vestidos grises, esos que queremos que se desgasten.

Sin embargo, cuando llegaron a Columbia, aquellos vestidos resultaron no ser suficiente para la ocasión. Un carruaje muy ostentoso condujo hasta la puerta y de él bajaron una dama igualmente ostentosa, ataviada con un vestido de un vivo color rosa, y dos caballeros, padre e hijo, de aspecto distinguido. Los tres tenían la nariz aguileña, el pelo negro como el azabache y parecía evidente que eran de ascendencia judía, por lo que cabía esperar que les anunciaran como el barón y la baronesa Sampson y el barón Moses Sampson. Resultó que sí eran ellos y, para sorpresa y gran satisfacción de las niñas, el señor Greydon, el coadjutor, llegó justo después.

—Demasiado para mí —le susurró Willis a la señora Hopkinson con una mirada de agonía —, pero los Sampson se invitaron ellos solos y, como ya sabe, respeto mucho a la Iglesia y, como deseaba que el grupo estuviese formado por ocho personas, invité a Greydon.

En general, fue un encuentro bastante animado. La baronesa Sampson rebosaba cierta afectación graciosa, fue muy cordial con las Hopkinson y honró la solemnidad de Willis con varias bromas y una falta infinita de tacto. Incluso llegó a decir que era un hombre gracioso, lo que hizo que Rose sufriera un ataque de risa incontenible.

Era obvio que Willis y el barón Sampson se habían asociado para alguna especulación importante, lo cual les había proporcionado un nivel de intimidad que podría haber sido amistad si alguno de los dos hubiese sido capaz de albergar tal sentimiento. Además, habrían disfrutado de hablar de acciones, capital e inversiones si hubiesen encontrado algún tipo de estímulo. Sin embargo, el barón Moses era por naturaleza un joven licencioso de ciudad y estaba decidido a asombrar a las Hopkinson con anécdotas de los clubes, de la ópera y del príncipe Alberto. La *sémillante*[7] baronesa agitaba tanto los rizos negros de su cabello, así como sus pendientes, cadenas y brazaletes, que resultaban un buen acompañamiento para su súplica de que no se hablase de negocios, ya que había ido hasta allí para respirar aire fresco y disfrutar de conversaciones nuevas.

—Cuénteme algo sobre Dulham, señora Hopkinson. Quiero que el barón alquile una villa. Adoro las

[7] N. de la Ed.: Enérgica.

flores y la hierba verde. Londres me mata; es un lugar tan sofocante, triste y malvado… —Ésta última observación moral iba dirigida al señor Greydon como cumplido a su labor clerical—. ¿Cree que me gustará Dulham, Willis? ¿Hay alguien aquí que podamos conocer?

—No lo creo, pero yo soy un triste recluso. ¡No conozco a nadie!

—¡No quiero que hable de ese modo! Si adquiero una villa aquí, insistiré en que conozca a todo el mundo. ¿Hay alguna casa que pudiese encajar con nosotros? Quiero tenerla en la orilla del río. Ese precioso río… De verdad, adoro el Támesis.

—Pleasance podría haber sido una buena opción para usted, pero ya la ha alquilado lord Chester —dijo la señora Hopkinson.

—¡Lord Chester! ¡Santo cielo! ¿Se refiere a ese hombre con una esposa muy bonita? Ambos causan bastante furor en nuestro entorno.

—¿Los conoce, baronesa?

—Bueno, no, no exactamente, pero como vivimos en la misma zona y los veo a menudo en casa de mi amiga, la baronesa Rothschild, de alguna forma siento como si lo hiciera. —A los Sampson solo los habían invitado en una ocasión a una fiesta en Gunnesbury—. Así que, ¿ambos viven aquí?

—Ella sí, pobrecita. Es una historia triste.

—Ella no parece muy triste —dijo el señor Greydon en voz baja.

—¿Los conoce, señor Greydon? —preguntó Janet un poco sorprendida.

—Recibí una nota de *lady* Chester esta mañana pidiéndome que fuera a visitarla. Su hermana quería saber si podía ser de utilidad en la escuela o en el pueblo, y *lady* Chester está ansiosa por hacer todo lo que le sea posible, teniendo en cuenta su estado de salud, por nuestras pequeñas obras de caridad.

—¿Parece *lady* Chester muy enferma?

—Diría que muy delicada, pero parece tener un buen estado de ánimo. Disfruté la visita. Las dos hermanas fueron sinceras y amistosas. Además, son muy hermosas.

Janet se sonrojó. Todas las jóvenes de Dulham, y algunas mujeres mayores que ellas, estaban más o menos enamoradas del señor Greydon y, en el caso de Janet, era más bien más que menos. Ninguna de ellas tenía esperanzas fundadas de que su afecto fuese recíproco. El señor Greydon era un coadjutor joven y excelente, un caballero de verdad, y mantenía una relación amistosa con todos sus parroquianos, pero nunca se le había pasado por la cabeza casarse con un sueldo de trescientas libras al año, lo que suponía el total de sus ingresos, y ninguna de sus víctimas podía presumir de haber recibido una palabra o una mirada de preferencia. Aun así, Janet, en momentos de extrema confianza, solía contarle a Rose que si alguien le ofreciese al señor Greydon un buen modo de vida como, por ejemplo, un obispado (¡y qué buen obispo sería!), o si de pronto recibiese una gran fortuna, estaba segura de que se casaría y se descubriría que, durante todo aquel tiempo, la había favorecido a ella.

Aunque, por supuesto, Rose también sentía mucho afecto por él, como era capaz de concebir la posibilidad de ser feliz con otra persona y Janet era la mayor, por lo que debía ser la primera en escoger, se rindió ante aquellas esperanzas halagüeñas y, por el bien de su hermana, siempre leía con gran interés lo que los periódicos tuvieran que decir sobre la enfermedad de un obispo o la muerte de un deán.

Janet podría haber soportado que admirase a *lady* Chester, pero no terminaba de aceptar que pensase que las dos hermanas eran hermosas.

—Willis, hoy había en nuestra calle un gran carruaje. Charlie dio palmadas con las manos y estaba bastante contento, ¡pobre hombrecito! Cuatro caballos, postillones y batidores. Era una vista preciosa y en él viajaba una dama de aspecto majestuoso.

—La duquesa de Saint Maur —dijo el señor Greydon—. Llegó cuando yo estaba allí.

—Cielo santo, una de las damas de compañía de la reina. Dejó el servicio la semana pasada, ¿no es así, niñas?

La señora Hopkinson siempre leía el *Noticiario de la Corte* y los informes de la policía; el resto del periódico estaba más allá de sus capacidades.

—La duquesa de Saint Maur, una de las más grandes —comentó la baronesa—. El tipo de dama refinada que evito con cuidado. Supongo que se alegró de poder escapar, señor Greydon. —En realidad, sentía bastante envidia de que un coadjutor hubiese tenido la oportunidad de conocer a una duquesa.

—Me iba a marchar cuando llegó, pero *lady* Chester hizo que me quedase. La duquesa tiene mucho interés en nuestro hospital de convalecencia y no lamenté tener la oportunidad de hacer que una de las damas del comité se interesase por nuestras mejoras.

—¿Habló de la reina o de la princesa? —preguntó la señora Hopkinson, que vivía sumida en una curiosidad entusiasta y leal sobre la corte.

—No —contestó él con una sonrisa—, no fuimos más allá del asma de Susan Hopkins y el reumatismo de Keziah Brown. Parece que la duquesa conoce a todas las damas ancianas.

—Bueno, supongo que la aristocracia no es tan mala como nos dicen —añadió la señora Hopkinson, rebosante de benevolencia—. Parece que, de vez en cuando, hacen alguna cosa amable.

—De vez en cuando, como bien ha dicho —murmuró Willis—. ¿Qué sabrán ellos del sufrimiento? Dejen que sientan una vez lo que es el verdadero pesar y se acabarán sus bailes y *réunions*, sus postillones y sus batidores —añadió tras una pausa enfática.

—Pero supongo que —sugirió la señora Hopkinson de forma tentativa—, como otras personas, también pierden a sus amigos e hijos y quizá les tienen aprecio. —Willis sacudió la cabeza y la señora Hopkinson volvió una vez más a su tema favorito—. ¿Y no supo nada sobre la reina, señor Greydon?

—Nada. ¡Ah, sí! Hicieron planes para un concierto en el palacio. La duquesa llevará a la señorita Grenville, ya que *lady* Chester no asistirá.

—Eso es muy propio de nuestra buena reina. No invita a nadie para ocupar el lugar de *lady* Chester pero, aun así, es amable con su hermana. Jamás existió una soberana semejante. ¿Asistirá a ese concierto, baronesa?

—No. Parece raro, pero no nos han invitado en esta ocasión —dijo la baronesa con aire de orgullo modesto—. Sospecho que hemos caído en desgracia en la corte, pero los salones me causan aversión y este año he sido tristemente negligente. Descuidé por completo el cumpleaños, lo que estuvo muy mal por mi parte, así que me han dejado fuera de esta fiesta.

Dado que, sin excepción, aquel había sido su destino con respecto a todas las fiestas de palacio, la resignación que demostró se había convertido, con toda probabilidad, en cuestión de hábito. Aún así, dio a entender que tenía la intención de mantenerse alejada también del siguiente salón para hacer entrar en razón a la reina. De todos modos, animó la velada de las Hopkinson con historias de varias festividades espléndidas a las que decía haber asistido y, cuando el grupo se separó, dejando a Willis apoyado en la chimenea con la cabeza entre las manos, madre e hijas regresaron a casa declarando que la baronesa era muy entretenida y que la cena había sido muy agradable.

—Me alegro de que, al final, llevásemos nuestros vestidos grises —comentó Rose—. ¿Sabéis que, cuando Janet estaba sentada junto a la baronesa, pensé que era la más guapa de las dos? Sin todas esas flores y baratijas, su aspecto era más parecido al de una dama.

—Me pregunto por qué el señor Greydon no se ha ofrecido a acompañarnos a casa —dijo Janet—. Supongo que la tal señorita Grenville es verdaderamente hermosa.

Capítulo 5

No había duda, tal como el señor Greydon había señalado, de que Blanche era muy delicada y, además, una de esas personas excitables cuya salud empeora cuando su ánimo está deprimido y que recupera la fuerza cuando su mente está en paz. Una tarde húmeda, tras haberse entretenido junto al río, acabó resfriándose y, cuando la tía Sarah hizo su visita semanal a Pleasance, la encontró recostada en el sofá, pálida y encogida, con los ojos rojos y las manos sudorosas, un pobre intento de gorrito en la parte trasera de la cabeza y, componiendo lo que pretendía ser el camisón de una enferma, mucho encaje de Malinas, muselina suave y un lazo rosa.

—¡Mi querida niña! ¿Qué te ocurre?

—De todo, tía Sarah. En primer lugar, estoy muy enferma. Aileen ha pedido que vayan a buscar al doctor Ayscough. Venga, escuche como toso.

—Me temo que es un fracaso —contestó la tía Sarah—. Eso es más bien un intento de tosido que un tosido en sí mismo.

—También tengo la garganta muy dolorida. ¿Cree que resultará ser ese dolor de garganta con un nombre tan difícil? Mata a la gente tan rápido, que no será necesario enviarle un telegrama a Arthur; no podría llegar a tiempo.

—Muy bien, querida, entonces no pediré que vayan a buscarle. Además, no estoy del todo convencida de que tengas difteria.

—Y después de todo lo que le dije a Edwin, ayer volvió a traer al coronel Hilton. Dijo que no podía hacer nada, que él insistía en acompañarle en la visita, así que he escrito para contárselo a Arthur. Sé que pensará que estoy coqueteando y, entonces, empezará a coquetear él también. Se lo aseguro, tía, ya lo hizo una vez en el pasado solo porque el coronel Hilton cabalgó conmigo. Lo admitió él mismo, así que no es una de mis fantasías.

—Déjame tus tijeras, Blanche, esta seda para tejer se enreda tanto que tengo que cortarla. Creo que es muy probable que Arthur… ¡Aquí hay otro nudo! ¿Qué estaba diciendo? Ah, sí, que aunque puede que Arthur, como amante, esté celoso de cada hombre con el que hables, no es muy probable que, dada su sensatez, sus profundos sentimientos y la dependencia que tiene de tu afecto, sospeche que tú hayas incentivado las atenciones del coronel Hilton. Aun así, me alegro de que le escribas y se lo cuentes todo.

—Por supuesto que lo he hecho y, como usted dice, querida tía, es muy diferente ahora que estamos casados. Arthur debe saber que no me importa la admiración de nadie más que la suya. —Blanche se incorporó en el sofá, se quitó el gorrito y comenzó a revivir—. Pero todavía no le he contado mis peores desgracias. No he recibido ninguna carta en tres días y esas espantosas señoritas Hopkinson han comenzado a tocar el piano esta mañana. Han tocado la marcha fúnebre de *Saúl*,[8] que me ha provocado todo tipo de malos presentimientos. He pensado que, como no me ha escrito, Arthur debe de estar enfermo y, en resumen, estoy decidida a ir a Berlín. He pedido que venga el doctor Ayscough para decirle que voy a marcharme. —Hizo una pausa—. Aileen vendrá conmigo y Edwin, si puede conseguir el día libre, vendrá a despedirnos. —De nuevo, hizo otra pausa—. ¿Por qué no dice nada, tía?

—Querida, no tengo nada que decir. Tu plan parece tan bien diseñado que no puedo sugerir ninguna mejora; aunque creo que es mejor que no empieces a hacer las maletas hasta que llegue tu médico. Ah, aquí está. Hoy *lady* Chester parece nerviosa, doctor Ayscough; le vendrá bien hablar con usted.

La tía Sarah se marchó.

—¿Qué le ocurre? Debe contármelo rápido, ya que no tengo más de cinco minutos para usted. ¿Por qué no está vestida y en el jardín? Sería un buen día para pasear en barca por el río.

—Estoy bastante resfriada y me duele la garganta, pero eso no importa —dijo Blanche, tratando de

[8] N. de la Trad.: Oratorio escrito por G. F. Händel y estrenado en Londres en 1739. La marcha fúnebre es la pieza más famosa de la obra.

parecer digna—. Lo que quería decirle es que estoy muy preocupada por lord Chester y voy a reunirme con él en Berlín.

—Reunirse con él en Berlín, ¿eh? —comentó el doctor Ayscough mientras le tomaba el pulso de forma distraída, como si no se hubiese dado cuenta de que Blanche tuviese muñeca o de que él se la había sujetado—. Entonces, lord Chester está enfermo, ¿no?

—¿Cómo podría saberlo? No he recibido ninguna carta suya en estos tres días. ¡Ni una sola línea!

—¡Oh! —exclamó el doctor Ayscough con satisfacción, dando a entender que por fin había comprendido el caso al completo y que los ojos rojos y el pulso irregular eran los síntomas precisos que cabría esperar—. Le ocurre como a otra paciente, la señora Armistead. Creo que sus maridos han viajado juntos. En su caso, tiene los ojos inflamados y, cuando le pedí que no los usara, me dijo que no era necesario que se lo pidiera, ya que tenía la suerte de no haber recibido noticias del señor Armistead en varios días y, por lo tanto, no tenía la obligación de escribirle.

—¡Qué mujer tan horrible! Aunque es un consuelo saber que ella tampoco ha recibido ninguna carta. Aun así, me gustaría consultarle con respecto a mi viaje.

—¿Cuándo se marchará?

—Esta tarde, si usted cree que soy capaz—dijo Blanche, que comenzaba a desear, al menos, una muestra de oposición.

—Asumo que no se marcharía si no se sintiera lo bastante capaz para ello —dijo el doctor Ayscough con calma—, pero solo hay un tren más hacia Folkestone esta tarde, así que debe darse prisa. ¿Va a viajar pasando por Ostende?

—Eso creo, pero Edwin se encargará de todo eso. Llegará pronto. Para ser sincera, no sé muy bien cómo llegar a Berlín. Es un viaje largo, ¿verdad, doctor Ayscough?

—Eso depende de la persona que lo haga. ¿Viajará con usted la señorita Grenville?

—Sí.

—¿Y esa doncella francesa atolondrada que siempre llama «*le calmant*» al calomelano y que resulta tan poco útil como una figura de porcelana de Dresde? Bueno, espero que le vaya bien. He dejado una receta para su resfriado por si no se marcha hoy. Entiendo que tiene su pasaporte preparado. —Estaba seguro de que no era el caso.

—¡Pasaportes! —exclamó Blanche con tono ansioso—. No, no tenemos; no se me había ocurrido. ¿Necesito un pasaporte?

—En general, en Europa, se considera necesario para los viajeros.

—Bien, entonces no puedo marcharme hoy.

—En ningún momento supuse que pudiera —afirmó el doctor Ayscough, riendo—. Volveré mañana para ver cómo se encuentra del resfriado y, quizá, el correo de la tarde le traiga una carta. En tal caso, no saldrá hacia Berlín antes del mediodía. Buenos días.

Se entretuvo en el vestíbulo con la tía Sarah que, de algún modo, se había alarmado con respecto a la difteria, y con Aileen, que estaba muy asustada por aquel viaje repentino y la responsabilidad que sentía acerca de la seguridad de su hermana.

—¿Qué opina de su garganta?

—No le he dado vueltas al asunto de la garganta, no hay nada de lo que preocuparse.

—Y en cuanto a ese terrible viaje… —dijo Aileen—. Entiendo que usted le ha puesto fin.

—No, en realidad la he animado a hacerlo.

—Ay, Dios mío, ¿eso ha hecho? ¿Qué haré si enferma en el camino y solo tengo a la tonta de Justine para que nos ayude? Estaba segura de que usted la detendría.

—No hay nada que detener, señorita Grenville. Su hermana se ha sumido en uno de sus ataques de nervios porque no ha tenido noticias de lord Chester. Sabe tan bien como yo que no puede hacer ese viaje, pero, si hubiera recibido oposición, se hubiera dispuesto a intentarlo. Debe tomar el filtro calmante que le he recetado. Es probable que sepa algo de lord Chester con el correo de esta tarde y mañana podremos reírnos de ella con gusto. —Dicho esto, se marchó rápidamente.

En realidad, Blanche estaba bastante decepcionada de que hubiesen dado tan poca importancia a sus dolencias y su heroísmo, pero siguió tosiendo y leyendo la *Guía Bradshaw*[9] hasta que llegó el correo. Entonces, recibió dos cartas de Arthur: una había seguido su ruta habitual y la otra había pasado por un Dulham que estaba en Yorkshire.

—Esto es típico de la oficina de correos —dijo—. Las cartas sin ninguna importancia siempre llegan directamente pero, cuando Arthur me escribe, mandan sus cartas por toda Inglaterra. Arthur está muy bien y

[9] N. de la Trad.: Guías de viaje escritas por W.J. Adams y editadas por George Bradshaw que se editaron entre 1839 y 1961.

cree que podrá librarse antes de que acaben los tres meses. Además, *madame* Von Moerkerke se ha vuelto bastante sosa. Pobre de ella, después de todo, era una mujercita muy bienintencionada. Tía Sarah, Arthur dice lo mismo que dijo usted sobre el coronel Hilton. Confirmo que tengo mejor la garganta y, Aileen, si avisas a Justine, me vestiré. Hay un olor terrible a humo.

Tenía razón. Justine llegó bastante *éperdue*[10] y fingiendo un gran sofoco. Dejó la puerta abierta para que entrara el humo y cerró las ventanas para evitar que saliese fuera. Siempre había oído que había que cerrar las ventanas si la casa ardía en llamas, así que tenía los ojos llorosos y no podía ver bien para ajustar los corchetes de su señora, por lo que, al final, el vestido quedó bastante torcido.

—Pero ¿de verdad está ardiendo la casa? —dijo Blanche, a punto de reírse—. Porque, si es así, deberíamos escapar.

—No —contestó Aileen, que acababa de subir las escaleras—. No hay fuego, pero hay algo del conducto de la cocina que funciona terriblemente mal. El humo no deja de colarse en la casa en lugar de salir por la chimenea como hace el humo con buenos modales. Incluso resulta imposible estar en las salitas.

—Y mi habitación cada vez está peor. Debemos refugiarnos en la pérgola, Aileen.

—Pero está lloviendo, ¿qué pasará con tu resfriado?

—No es muy grave y cualquier cosa es mejor que esto. Dame un montón de chales, Justine, y después nos apresuraremos a rescatar a nuestra querida tía Sarah de

[10] N. de la Ed.: Nerviosa.

la salita y la llevaremos a nuestro precario escondite en el jardín. ¿Dónde están mis cartas? Las llevaremos con nosotras. Ya estoy lista, Aileen.

Encontraron a todos los sirvientes desalentados, de mal humor y llenos de hollín. Para consternación de la tía Sarah, que pensaba que era un experimento peligroso, sí que era necesario abandonar la casa. Colocaron a Blanche en un banco duro tan cómodo como una parrilla y que se encontraba bajo la pérgola medio emparrada y medio ocupada por insectos. Aileen se deslizaba de un lado para otro bajo un paraguas, cargando con cojines, capas, zuecos y, finalmente, la labor de la tía Sarah. El mayordomo se acercó para anunciar que había mandado a buscar al pueblo a una persona que entendía las cosas raras que hacía la chimenea, ya que él no podía controlarla y el humo, tal como señaló, se estaba apoderando de él cada minuto que pasaba. Así que Blanche señaló que era probable que pasasen la tarde bajo un pequeño chaparrón. Sin embargo, justo en ese momento, vieron cómo una figura corpulenta se acercaba por el camino de grava y la señora Hopkinson, vestida con unas enaguas muy cortas que mostraban unos pies que dejaban grandes huellas en la gravilla mojada, un chal atado sobre el sombrero y unos mitones en las manos, se presentó ante ellas. Después, comenzó el discurso que había estado preparando desde que había tomado la decisión de ofrecer cobijo a las damas de Pleasance.

—Por casualidad, gracias a mi cocinera, he sabido que su cocina está ardiendo —comenzó. Blanche le dio un pellizco a la tía Sara—, así que he venido para saber si su señoría querría refugiarse en mi salón. Pero, ¡santo Cielo! —exclamó con su naturalidad habitual mientras plegaba su paraguas y entraba en la pérgola—. Vaya lugar han escogido para guarecerse. El agua se cuela y gotea. ¡Miren! Una gota enorme acaba de caerme por el cuello. Acabarán muriendo. Por el amor de Dios, entren en mi casa. Señora, apóyese en mi brazo. Veo que lleva puestos los zuecos; cúbrase bien todo el cuerpo con el chal.

—Es usted muy amable —comenzó Blanche—, pero…

—Verdaderamente amable —intervino la tía Sarah—. Tal vez pueda ofrecerle su brazo a *lady* Chester; la señorita Grenville y yo les seguiremos. Estoy segura de que debemos estarle muy agradecidas. Aileen, ve a buscar mi labor, está en aquel charco. Blanche, por favor…

Antes de que Blanche pudiera poner ninguna pega, ya se encontraba bajo el paraguas azul con la mano sobre el brazo regordete de la señora Hopkinson mientras ambas recorrían el riachuelo que solía ser el camino de grava.

—Ya estamos —dijo la señora Hopkinson cuando llegaron a su puerta—. Ahora mis niñas se harán cargo de usted y, puesto que ya estoy mojada y no podría mojarme más, volveré a decirle a su doncella que traiga algo de ropa seca. Además, como hace tiempo que conozco esa cocina, me atrevo a decir que podré ofrecer a sus sirvientes algún consejo útil sobre el humo.

Las señoritas Hopkinson eran tan hospitalarias como su madre. Encendieron el fuego en el mejor salón, llevaron un sofá para Blanche, que estaba pálida y amoratada por el frío, les prestaron ropa y zapatillas, sirvieron vino caliente y agua y, cuando llegó Justine con la ropa seca, se marcharon en silencio y dejaron a las damas hablando de sus propios asuntos.

Capítulo 6

—Bien, tía —dijo Blanche—, si usted admite con sinceridad que la señora Hopkinson sí está gorda, sí lleva mitones y sí que sabe lo que ocurre en mi cocina, con gusto yo le concederé que es una vecina muy hospitalaria y que su salón seco resulta muy cómodo tras haber estado en nuestra pérgola mojada.

—Deberías añadir, querida, que una casa adosada tiene sus ventajas: si una mitad arde, puedes refugiarte en la otra. Ahora, Blanche, será mejor que te quedes tranquila donde estás y Aileen y yo bajaremos a dar las gracias a nuestras amigas. Aileen, toma mi labor.

—Pero a mí también me gustaría agradecérselo; ha sido muy amable que la buena mujer saliese nadando para rescatarnos. Me pareció ver las palabras «té caliente» reflejadas en su rostro benevolente, por lo que estoy segura de que propondrá traerme una taza. Si es así, ¿podría animarla a hacerlo?

Blanche tenía razón. La cajita del té estaba sobre la mesa, habían preparado pan moreno y mantequilla, y habían dispuesto un juego de té de porcelana que venía del extranjero, muy curioso, que despertó la envidia de Aileen y la admiración de la tía Sarah, que entendía mucho de porcelanas.

—Creo que es un juego de té bastante raro. Me lo trajo mi marido cuando regresó de su tercer viaje a China. No, fue el cuarto. Hablaba de él con tanta admiración que no pude decirle que a mí me parecía feo. Prefiero el que tiene un diseño de sauces; este solo lo utilizamos en grandes ocasiones. Me gustaría llevarle a *lady* Chester una buena taza de té caliente, pero quizá sea una molestia.

—Oh, no —dijo Aileen—. Mi hermana deseaba tomar un té y, si no le resulta inoportuno, estoy segura de que le alegraría poder verla y agradecerle su gran amabilidad.

—¡Amabilidad! Que Dios la bendiga, señorita Grenville. Me gustaría saber qué hay de amable en rescatar a tres damas del humo y la lluvia. Será un milagro que no se hayan resfriado.

La señora Hopkinson salió de la habitación con el té, el pan y la mantequilla. Estaba dispuesta, gracias al *Weekly Lyre*, a ser bastante más formal con *lady* Chester que con su tía y su hermana. Quería mostrarle cuánto desaprobaba que una joven esposa se separase de su marido de forma voluntaria. Casi lamentaba utilizar aquella taza de té japonesa y aquel platito; pensaba que con los del diseño de sauces hubiese sido suficiente pero, por algún motivo, no conseguía ser tan severa.

Blanche la recibió con tanta cortesía, su gratitud por la hospitalidad que le habían mostrado fue tan sincera y parecía tan frágil y bella que la señora Hopkinson retomó con un suspiro su habitual actitud maternal y su convicción de que todo era culpa de lord Chester.

—No parece estar hecha para sufrir los males del mundo y espero que no tenga que enfrentarse a ninguno peor que el de hoy.

—En realidad, ha sido un día muy feliz —dijo Blanche con una sonrisa—. Había estado muy inquieta por culpa de unas cartas que habían sido enviadas al lugar equivocado, pero llegaron justo antes de que tuviésemos que salir de casa, así que no me importó en absoluto. En efecto, ahora que ha terminado, pienso que ha sido muy divertido y me ha otorgado el placer de poder conocerla.

—Es usted muy buena —comentó la señora Hopkinson—. Espero que sus cartas fueran satisfactorias.

—Siempre lo son cuando llegan. Arthur escribe unas cartas magníficas. Pero, últimamente, la oficina de correos no ha funcionado demasiado bien. De hecho, ha sido así desde que se marchó. Así que, como una tonta, pensé que habría enfermado y estaba a punto de marcharme a Berlín.

—¡Dios mío, querida! Vaya idea la de marcharse a Berlín, especialmente en su situación. Creo que está a miles de millas de aquí y, además, al otro lado del mar. ¿Quién es Arthur?

—Lord Chester, por supuesto —contestó Blanche, riendo—. Supongo que debería haberle llamado así. Ya ve, señora Hopkinson, le enviaron de forma repentina a una misión agotadora en Berlín y nunca habíamos estado separados ni una hora. Pensé que me moriría mientras estuviera lejos, o que él moriría al estar separado de mí. En resumen, mi tía dice que soy demasiado fantasiosa, pero no sabe cuán sola me siento sin Arthur.

—¿Usted cree, querida? —dijo la señora Hopkinson, comenzando a interesarse por el tema de conversación y olvidando lo que ella denominaba «modales para estar en compañía»—. Desde que nos casamos, John ha estado fuera la mayor parte de cada año. Con lo que disfruto de su compañía, bien podría haber sido viuda veinte veces. Ahora ya me he acostumbrado pero, la primera vez que se marchó, justo cuando acababan de mandarme reposo por Janet, pensé que se perdería en el mar cada vez que soplaba el viento y, aquel año, el viento no dejaba de soplar. Sin embargo, cuando regresó, dijo que todo habían sido imaginaciones mías y que su viaje había sido bastante tranquilo.

—¿Quién es John? —preguntó Blanche.

—Mi marido, el capitán Hopkinson.

—¡El capitán Hopkinson! —exclamó Blanche—. ¿Alguna vez capitaneó el *Alert*?

—Claro que sí. ¡Menucho barcucho!

—¡Qué curioso! —Blanche tomó las manos regordetas de la señora Hopkinson y las estrechó con cariño, con mitones y todo—. El capitán Hopkinson, gracias a sus cuidados y amabilidad, salvó la vida de Arthur cuando enfermó con aquella fiebre terrible en su viaje a Ciudad del Cabo.

—No puede estar hablando de lord Chester, siempre obligo a John a que me cuente la historia de todos sus pasajeros. No me gustan demasiado esas damas de la India que siempre vienen a ver a sus hijos o vuelven con sus maridos y no se inquietan durante el viaje. Puedo confiar en John, pero me gusta saber quién va a bordo y estoy segura de que recordaría el nombre de lord Chester.

—Pero su hermano mayor todavía estaba vivo. Entonces se hacía llamar sencillamente capitán Templeton.

—¡El capitán Templeton! —exclamó la señora Hopkinson, dando un respingo—. ¿Quiere decir, *lady* Chester, que su marido es el mismo capitán Templeton que era la alegría del *Alert* hasta que enfermó de aquella fiebre que se llevó a muchos de los mejores hombres de John? ¡Dios mío! No hablaba de otra cosa cuando regresó a casa de aquel viaje. Pensé que me caería de la silla de tanto reírme con algunas de las bromas del capitán Templeton. Además, vino a ver a mi marido cuando estábamos en Southsea. Consiguió encontrarle a pesar de que solo iba a estar en casa tres semanas. Fue muy afable, me estrechó la mano y me dijo que John era un hombre excelente, lo cual es cierto. Y pensar que ahora es lord Chester y que usted es *lady* Chester y estaba sentada en aquella pérgola... ¡Eso sí que es una curiosa coincidencia!

Las ideas de la señora Hopkinson con respecto al asunto de las coincidencias eran bastante vagas y gramaticalmente incorrectas, pero Blanche no estaba dispuesta a ser crítica. Cuando Aileen subió para informar de que Baxter había anunciado que la chimenea de la cocina había entrado en razón y que la señora podía volver a casa, se encontró a ambas mujeres hablando a la vez sobre el viaje del *Alert* y a Blanche lamentando tener que marcharse antes de haber escuchado más curiosidades sobre el camarote de Arthur y su enfermedad.

Capítulo 7

—Bueno, no podría conocer a tres damas más encantadoras —dijo la señora Hopkinson cuando sus invitadas se hubieron marchado—. En cuanto a *lady* Chester, estoy encantada con ella. Tiene muy buena opinión de vuestro padre y habló muy bien de él. Ojalá John la hubiese oído hablar.

—La señorita Grenville también ha sido muy simpática, mamá. Ha estado muy pendiente del querido Charlie y, con un cordel, ha jugado con él a las cunitas —dijo Rose.

—No me pareció para tanto en comparación con la anciana dama —replicó Janet—. ¿Te acuerdas de cómo se llamaba, mamá?

—*Lady* Sarah Mortimer, querida. Es tía de las dos hermanas, que son gemelas, y parece que ha estado cuidando de *lady* Chester. La señorita Grenville vivía con el otro tutor.

—No comprendo cómo sabe tantas cosas sobre las escuelas —comentó Janet, que, hasta el momento, se había considerado sin rival en aquel asunto—. Parece que va a nuestra escuela todos los días y dice cosas como «el señor Greydon piensa esto» o «el señor Greydon quiere que haga lo otro». Además, parece que él ha vuelto a visitar Pleasance hoy. Es muy raro, ya que casi nunca habla cuando yo voy a la escuela y, en cuanto a las visitas, solo ha venido a vernos dos veces desde que llegó a Dulham. Aun así —añadió con humildad—, no me sorprende demasiado que le guste ir a Pleasance. Él mismo es un hombre superior por lo que, naturalmente, le gustan otras personas superiores y, desde luego, *lady* Chester y su hermana son muy diferentes de nosotras. Rose, ¿no te gustaría que mamá, tú y yo fuésemos damas de buena cuna?

—Ay, querida —la interrumpió la señora Hopkinson—, no hables así. Tú y Rose podéis intentar ser como esas dos jovencitas preciosas si queréis, seguro que lo haríais muy bien. En cuanto a convertirme a mí en una dama, gracias, pero no. Me gustaría ver la cara de John si me viese vestida con una antigüedad de moaré gris y un manto de encaje mientras jugueteo con un poco de seda para tejer y una aguja de marfil. No, queridas, debéis dejar que sea yo misma, soy demasiado mayor para mejorar.

—No necesitas ninguna mejora, querida madre —dijeron las dos niñas a la vez mientras le daban un gran abrazo.

—Tan solo bromeaba —añadió Janet.

—Y estás un poquito celosa de la señorita Grenville —susurró Rose.

Blanche y Aileen fueron a visitar a la señora Hopkinson al día siguiente para agradecerle una vez más su hospitalidad y para ver el tintero de plata que Arthur le había regalado al capitán.

—Tiene una inscripción muy agradable —comentó la señora Hopkinson—. «Para el capitán John Hopkinson. De su amigo agradecido y leal, Arthur Templeton». No creo que John vendiese este tintero ni por un millar de libras. ¿Me permitiría su señoría mostrarle un cuadro de John?

—Me encantaría verlo —dijo Blanche.

—El único problema es que no se parece en nada a él. John hizo que lo dibujase en Macao un hombre chino, Chiang Foo, que se suponía que era un buen artista. Fue muy amable por parte de John pensar en algo así pero, si tenemos en cuenta que es un hombre robusto, rubicundo, con los ojos azules y el rostro redondo, no creo que Chiang Foo le haya representado demasiado bien. —Tras decir esto, la señora Hopkinson justificó su comentario con la pintura de una figura cetrina de ojos negros medio cerrados y de pómulos altos, que no se alzaba sobre nada y que ni recibía ni proyectaba la más mínima sombra. Blanche no pudo evitar reírse, pero la señora Hopkinson observaba la pintura bastante emocionada y dijo—: En cualquier caso, el modelo era John y los botones de su abrigo están bastante bien, parecen muy reales.

—Estoy segura de que no le hace justicia.

—No, desde luego.

En conjunto, la señora Hopkinson se sentía satisfecha e interesada por sus nuevas amistades. Willis había ido a visitarla por la mañana y había escuchado la historia del día anterior, de la cual había comentado, obviamente, que un poco de humo y lluvia no le parecían para tanto. Estaba seguro de que, si hubiera ocurrido en Columbia Lodge, la casa se hubiera quemado hasta los cimientos, pero él, que estaba acostumbrado a las dificultades, se hubiese resignado en silencio.

—Señora Hopkinson, he venido a decirle que es probable que hoy reciba una visita de la baronesa. Me escribió para decir que va a venir en busca de la villa que quiere alquilar y que desea que yo la acompañe, pero si hay algo en este mundo que me deprima el ánimo es deambular por un grupo de casas vacías que huelen a humedad y desolación. Así que he dejado una nota diciendo que usted iría con ella y yo me marcharé a la ciudad. Las niñas podrían acercarse a casa de Randall para conseguir la lista de casas disponibles. ¿Dónde está Charlie?

—Ahora mismo está dormido.

—¿Podrá darle este juguete cuando se despierte? Lo he comprado para él. Lo vi en el Strand y me llamó la atención.

Era una miniatura preciosa de una tumba y, cuando se presionaba un resorte en el lateral, de ella salía un esqueleto que hacía una reverencia y volvía a esconderse. Willis lo contemplaba con una satisfacción lúgubre que no disminuyó ante la negativa rotunda de su suegra y sus cuñadas a permitir siquiera que se mencionara ante Charlie, y mucho menos que lo viera. Willis apreciaba a su hijo de verdad y, cuando se enteró de que pensaban que podría asustarle, no insistió para que aceptaran su esqueleto de juguete. De hecho, se alegró bastante de poder llevárselo a casa de nuevo para su propia diversión.

Lady Chester y Aileen acababan de sentarse en el salón de la señora Hopkinson cuando apareció un carruaje ostentoso y se anunció a la baronesa y su hijo.

—No diga nada sobre nosotras —susurró Blanche—, nos entretendremos con Charlie.

La señora Hopkinson captó la indirecta y centró su atención en la baronesa, que desbordaba afabilidad y majestuosidad.

—Ese pícaro de Willis ha huido a Londres y nos ha remitido a usted, señora... señora...

—Querida señora Hopkinson —dijo Aileen de inmediato con su tono de voz suave—, ¿está segura de que no me he apropiado de su silla?

—Nos ha referido a usted, señora Hopkinson —continuó la baronesa, haciendo caso omiso de la audacia de Aileen—. Dice que usted y sus hijas (¿dónde están, por cierto), me ayudarán con este asunto tan difícil de la villa. Me temo que soy muy exigente, estoy muy consentida. Usted, con esta casita tan bonita y pulcra, no puede imaginarse cuáles son mis problemas. Necesito una habitación para la servidumbre, un billar para el barón, un fumadero para Moses y mis propias estancias privadas. Por mucho que la envidie, una casita no nos serviría.

—Aquí tiene la lista que mis niñas han traído de casa del agente inmobiliario; ahora mismo no hay muchas casas disponibles. Acacia Place es una de las mejores, baronesa.

—Suena demasiado a ciudad —dijo aquella dama, que había pasado sus primeros años de vida en el mismísimo centro de una ciudad—. Aunque puedo cambiarle el nombre, por supuesto —añadió con aire de estar pensando en profundidad.

—Yo siempre admiro Ivy Cottage cuando paso por allí —dijo Blanche, tratando de ser educada con aquella amiga tan abrumadora de la señora Hopkinson—. Vi que tenía puesto un cartel.

—Ese tipo de casas están descartadas en mi caso —replicó la baronesa con altanería, deseando acallar a aquellas jóvenes entrometidas—. Así que, señora Hopkinson, continuemos con nuestros asuntos. Bellevue suena como algo que podría servir.

—La casa es tolerable pero, por desgracia, está en la parte trasera de la calle principal y no tiene vistas ni del río, ni de la plaza. Yo le recomendaría Marble Hall, que está junto a Columbia.

—Nos mudaríamos a un vecindario tremendamente alegre —comentó el barón Moses en tono confidencial a las dos hermanas, cuya belleza había causado una gran impresión en él—. Mientras la *belle-mère*, es decir, la suegra —tradujo de forma condescendiente—, está ocupada con mi bendita mamá, ya que no nos puede oír, creo que me atreveré a decir que el señor Willis es el caracol más lento que haya visto jamás.

—*El zeñor Willis ez mi papá y no ez un caracol* —dijo Charlie, que estaba sentado sobre las rodillas de Aileen—. *Azí que no puede ir dezpacio*.

—¡Excelente, excelente! —exclamó Moses con una risa fingida—. Muy cierto, hombrecito, *enfant terrible*.

Creo que a quienes conocí durante la cena en Columbia eran las señoritas Hopkinson y no ustedes, ¿verdad?

—Sí —dijo Blanche con modestia—, no hemos tenido el honor de cenar con el señor Willis.

—Puede decir que es un honor, aunque no un placer. Pero mi madre, que está *entichée du beau* Willis, bastante encantada con él, pretende humanizarlo y hacer que ofrezca banquetes de forma habitual. Supongo que estoy hablando con residentes de Dulham y espero que tengamos el placer de encontrarnos en las festivas reuniones del *égayant* Willis.

—Dudo bastante que el señor Willis nos invite alguna vez —dijo Aileen, tratando de parecer pensativa.

—Pero debería. Odio la exclusividad. En Londres ya es bastante mala, pero en el campo, donde el entretenimiento es escaso, resulta insoportable.

—Siento interrumpirte, Moses —dijo la baronesa—, pero el barón se pondrá frenético si hago que los caballos estén quietos tanto rato. Ojalá tu padre no pagara semejantes precios por ellos. Estoy segura, señora Hopkinson, de que sus amigas la perdonarán si viene conmigo, pues soy como una niña en lo que respecta a las cosas del hogar y sus consejos serán inestimables. Gunnesbury es mi *beau idéal* de una villa pero, claro, no espero encontrar algo así aquí. Así que, sencillamente, iremos a ver Marble Hall. Ojalá hubiese podido adquirir Pleasance.

Blanche y Aileen se levantaron de inmediato para marcharse.

—Sí, Pleasance es un lugar con mucho estilo —comentó el barón Moses—, aunque solo lo he visto desde el río. Un sitio encantador para hacer pícnics.

—Por supuesto —añadió la baronesa—, lo que es suficiente para los Chester, también lo hubiera sido para mí, pero me temo que no hay posibilidades de que la dejen. Mi amiga, *madame* Steinbaum, me ha escrito desde Berlín y…

—Aileen —dijo Blanche, que se había sonrojado y parecía molesta—, de verdad que debemos marcharnos. Estamos entreteniendo a la señora Hopkinson y todavía no he hecho mi petición. Mañana, mi hermana asistirá a un concierto en la ciudad. ¿Permitirá que Charlie venga a visitarme?

—Yo quiero ir —dijo Charlie—. *Uzté me guzta mucho, pero no me guzta eze hombre de negro* —añadió con un susurro, mirando al barón Moses.

—Entonces, está hecho. Adiós, señora Hopkinson —dijo con cordialidad, dirigiéndose a ella, que la acompañó hasta la puerta con el rostro tan colorado como el lazo color amapola que lucía en su sombrero. Blanche estaba distraída por el esplendor y la impertinencia de la baronesa, que la había importunado y sorprendido. Tras hacer una reverencia muy leve y arrogante en dirección a los Sampson, se marchó.

—Entonces, partiremos —dijo la baronesa—. Espero no haber ofendido a sus amigas, señora Hopkinson, sean quienes sean, pero parecían dispuestas a presentarse y temía que, si nos mudamos aquí, eso las llevara a asegurar que me conocen, lo cual me hubiese avergonzado. Me temo que he sido *tant soit peufarouche.*[11] —La señora Hopkinson se preguntó qué significaba aquello,

[11] N. de la Ed.: He sido causa de un pequeño alboroto.

pero decidió que era la forma francesa de decir «desagradable»—. Sin embargo, es propio de mí hacer que la gente joven conozca el lugar que le corresponde.

—Por supuesto —replicó la señora Hopkinson, que se sentía bastante perpleja—, es impactante que no conozcan su lugar.

—¡Bravo! ¡Bravo! —exclamó el barón mientras aplaudía y, entonces, al ver que su anfitriona comenzaba a parecer perturbada, añadió gentilmente—: Una broma excelente pero, por mi vida, señora Hopkinson, sus amigas son *belles à croquer*, es decir, unas criaturas monstruosamente hermosas. ¿No cree, *madre adorata*?[12]

—Creo que son guapas, pero les falta estilo. ¿Quién son esas damiselas a las que el barón ha decidido patrocinar?

—Pensaba que conocía de vista a *lady* Chester y a su hermana —contestó la señora Hopkinson de la forma más brusca que su buen humor inmenso le permitía.

—¡*Lady* Chester y su hermana! —gritó la baronesa, cayendo de nuevo sobre la silla y quedándose todo lo pálida que le era posible bajo todo el colorete que llevaba—. ¡Cielo santo, señora Hopkinson! ¿Por qué no mencionó sus nombres? ¿Por qué no me las presentó? Me hubiese hecho muy feliz haberles prestado todas las atenciones posibles en honor a nuestra amistad mutua con los Rothschild. De hecho, en realidad, deseaba conocer a *lady* Chester y me temo que apenas he sido educada.

—Eso te lo aseguro —dijo el barón Moses, que estaba extasiado ante la turbación de su madre—. Los buenos

[12] N. de la Ed.: Querida madre.

modales no han sido tu fuerte en ese momento. Sin embargo, yo —añadió a continuación—, que puedo permitirme seguir las percepciones vívidas de lo que complace a *mon goût*,[13] felizmente les he prestado todas las atenciones. Me di cuenta enseguida de que era *comme il faut*.[14] —Olvidó mencionar el hecho de que se había ofrecido a conseguirles una invitación para las fiestas de Willis.

—Es muy preocupante —dijo la baronesa débilmente—. Deben pensar que yo (yo, entre todas las personas del mundo), no tengo *usage du monde*.[15] ¿Por qué, en nombre del Cielo, no nos ha presentado, señora Hopkinson?

—*Lady* Chester me pidió que no lo hiciera —contestó la señora Hopkinson en voz baja.

La baronesa tuvo la impresión vaga y desagradable de que aquella petición suponía que había una falta de interés por parte de *lady* Chester en conocerla y, dada su obsesión por la moda y la gente refinada, eso le molestaba en extremo. Sintiéndose bastante apagada, prosiguió con su viaje en busca de una casa y se sintió casi dispuesta a soportar la falta de una mesa de billar y a pensar que Ivy Cottage sería mucho mejor para ellos que Marble Hall. Sin embargo, el papel pintado de un rojo brillante con motivo de pájaros que había en el comedor de la mansión, así como varios candelabros vulgares y consolas recubiertas con mucho color dorado, fueron demasiado para ella y pensó que la estancia

[13] N. de la Ed.: De lo que me gusta.

[14] N. de la Ed.: Como debe ser.

[15] N. de la Ed.: Que no conozco los usos del mundo.

se iluminaría de forma encantadora. Tras haber agotado a la señora Hopkinson, que tuvo que recorrer toda la casa para examinar los áticos, la cocina, los armarios y los surtidores, así como hacer todo el trabajo duro en aquel asunto, la baronesa se despidió de ella con la más exigua de las disculpas por pedirle que volviera a casa a pie, ya que, según dijo, «el barón es muy particular con respecto a sus caballos grises».

—Bueno —dijo la señora Hopkinson a las niñas mientras disfrutaba de una taza de té tras la fatiga del día—, estoy muy cansada. La baronesa no encaja conmigo ni con mi forma de hacer las cosas y no quiero ni hablar de los aires que se daba. Ahí estaban esas dos jovencitas encantadoras, que para mí son unas damas de verdad, de aspecto sencillo y tranquilo, jugando de forma tan afable con Charlie, mientras la gran tormenta que es esa mujer se las llevaba por delante. No se lo digáis a Willis, queridas, pero no puedo evitar pensar que es muy vulgar. Ahora entiendo por qué la reina no la invita a sus conciertos.

Capítulo 8

—¡Vaya mujer! —Aquel fue el único comentario que Blanche hizo sobre la baronesa—. Aunque me gustaría saber qué noticias le han llegado desde Berlín. ¿A ti no, Aileen? Debe de ser algo sobre Arthur, ya que insinuó que nuestra estancia en Pleasance se prolongaría. ¿De qué se tratará?

—Me atrevo a decir que mi imaginación no va a llegar tan lejos como la tuya —dijo Aileen, riendo—. Es probable que intentase que nosotras, gente sencilla del campo, supiésemos que está enterada de los secretos políticos de la negociación en Berlín. No me extrañaría que el barón fuese uno de esos agiotistas, sea lo que sea eso. Ese tipo de personas siempre saben o, al menos, pretenden saber lo que ocurre en la política del Continente media hora antes que el resto del mundo. Una complicación en el tratado podría significar dinero para los Sampson.

—Eso sería terrible —comentó Blanche—, ya que haría que Arthur se quedase más tiempo fuera. ¿Crees que se refería a que Arthur se ha metido en algún lío?

—Claro que no. ¡Ay, Blanche, Blanche! Necesitamos que la tía Sarah te mantenga a raya. Entonces, ¿Charlie será tu compañero de juegos mientras yo esté fuera mañana?

—Sí, me he encariñado bastante con ese pobre niñito. Parece tan frágil y sufrido... Además, me dijo que solía venir a este jardín todos los días a ver los barcos antes de que nos quedáramos con la casa. Aileen, me gustaría que, cuando salgas, vayas a la tienda de Merton y compres un Arca de Noé grande, algún libro ilustrado y cualquier juguete que sea gracioso; ese niño necesita pasarlo bien. Me pregunto por qué no habrá venido hoy el doctor Ayscough.

El doctor no apareció. Al día siguiente, cuando fue a visitarlas, encontró a Blanche y al pequeño Charlie sentados en la orilla con una larga procesión de elefantes pequeños y mariquitas gigantescas que se dirigía hacia un Arca que no parecía adecuada para alojarlos y, mucho menos, para acoger también ocho apagavelas amarillos y rojos que pretendían representar a la familia de Noé.

—¿Qué ocurre? —preguntó el médico—. ¿Por qué está jugando con el Arca de Noé? Pensé que ya estaría a medio camino de Berlín.

—Claro que no —replicó Blanche—, nunca pensó tal cosa. Como siempre, tan solo estaba siguiéndome la corriente y riéndose de mí; lo supe desde el principio. Es una pena que le conozca de toda la vida, ya que puedo adivinar sus intenciones con mucha facilidad.

—No tan fácilmente como yo puedo adivinar las suyas. Es una gran ventaja tener un amigo tan constante y antiguo como yo que soporte toda su impetuosidad. Ya era un bebé impetuoso cuando solo tenía una hora de vida y todavía no han conseguido que cambie.

—Pero mejoro con rapidez. Puede que hoy me haya preocupado por una insinuación sobre Berlín que recibí y que, fácilmente, podría haber magnificado hasta convertirla en una *bête noire* pero, en su lugar, he estado jugando con Charlie con diligencia durante la última hora.

—¿Y quién es Charlie? —dijo el amable médico mientras le sujetaba las manitas débiles y le observaba con atención. Era incapaz de ver a un niño enfermo y no intentar ayudarle.

—Es el nieto de la vecina de la casa de al lado —señaló Blanche, tras lo que procedió a detallarle las aventuras del día anterior, concluyendo con una descripción muy animada de la magnífica baronesa.

—La conozco —contestó él—. Siempre manda que vengan a buscarme a pesar de que no tiene ningún problema. Todavía no he conseguido curar a alguien con buena salud. Bueno, tengo para usted un documento de gran valor; persuadí a la señora Armistead para que me lo diera. —Se trataba de un extracto de una carta del señor Armistead en la que mencionaba que la negociación prusiana estaba casi terminada y que, quizá, regresase a casa en cualquier momento—. «Pero estoy pensando en visitar Dresde y Viena y, tal vez, seguir hasta Praga. Quiero que Chester venga conmigo, pero está embobado con su esposa e inquieto por volver a casa».

—¡Ay, gracias, gracias! —exclamó Blanche—. ¿No es una bendición tener un marido embobado? ¿Qué significa «embobado»? Aunque no me importa demasiado, ya que es evidente que quiere decir que Arthur volverá pronto a casa. Pobre señora Armistead, supongo que estará bastante consternada.

—Ni mucho menos. Dijo que estaba contenta, que quería ir a la playa y que Armistead se aburría tanto siempre que estaban cerca del mar, que era una molestia para ella. Sin embargo, ahora pued e ir cómodamente.

Blanche se encogió de hombros, se estremeció un poco ante aquella imagen tan dolorosa de la vida marital y rechazó creer que los Armistead fuesen un matrimonio feliz a su manera. Mientras ella permanecía sentada, sumida en una meditación risueña, el doctor Ayscough ocupó su lugar junto al Arca de Noé. Sentó a Charlie en sus rodillas y ladró, rugió, maulló, hizo que Sem derribase a Jafet y que la señora Sem atrapase un saltamontes. Entonces, dejando al niño en el suelo, se alejó un poco con Blanche y le preguntó:

—¿Cómo están cuidando de su amiguito? No vivirá a menos que reciba un tratamiento médico en condiciones. Es un niñito encantador. Haga que lo traigan mañana a mi casa y volveré aquí a visitarle en un par de días. Adiós, hombrecito.

—*No ze marche* —dijo el niño—. *Quédeze y ladre un poco más*.

—No, no, hoy no tengo tiempo para ladrar más, pero ven a verme mañana y trae contigo al perro de Noé. Y usted tiene que asustar a la abuela —añadió, dirigiéndose a Blanche—. Esa es su misión de hoy.

Blanche hizo lo que le pidieron. Llevó al pequeño Charlie a casa y, cuando hubo mostrado sus juguetes y lo hubieron mandado a su habitación, le repitió a la señora Hopkinson lo más importante de su conversación con el médico. Las lágrimas se derramaban por las mejillas de la mujer mientras daba las gracias a *lady* Chester.

—Pero debemos consultarlo con su padre, y el pobre Willis es un hombre bastante abatido; nunca cree que algo pueda hacerle bien a alguien o que alguien pueda hacerle bien a algo. Viene ahora por el camino y, si su señoría se lo contase con esa forma de ser tan positiva que tiene, tal vez le convenciese. ¡Pobre Willis! Nunca ha llegado a recuperarse de la pérdida de su esposa.

A Blanche le interesaba aquella situación, así que recibió a Willis con un nivel de conmiseración que a él le halagó en extremo y que satisfizo sus más altas expectativas con respecto a la piedad.

—Claro que me gustaría que mi pobrecito niño disfrutase de cualquier alivio que le permita el triste estado de salud en que se encuentra, aunque no servirá de nada: está condenado como deben de estarlo todos aquellos que se relacionan conmigo.

—No digas eso, Charles —lloriqueó Janet—. Piensa en tus cuñadas.

—Aun así —continuó con mayor melancolía—, a partir de ahora, será una satisfacción pensar que he recibido los consejos de un médico tan eminente como el doctor por muy inútil que resulte.

—No debe estar tan descontento —dijo Blanche con los ojos llenos de lágrimas. En realidad, creía en los problemas de Willis—. No sorprende que, tras todas las penurias que ha sufrido, tiemble ante la idea de sufrir una pérdida nueva, pero le aseguro que el doctor Ayscough es muy optimista con respecto al querido Charlie.

—¡Optimista! —exclamó Willis—. No tiene ni idea, pero no quiero imponer mis pesares a su señoría. —De hecho, se encontraba tan satisfecho consigo mismo por haber sido reconocido como una víctima, que estaba en peligro inminente de que le traicionase su estado de ánimo haciendo que se sintiese alegre—. Por supuesto, seguiré sus consejos. ¿Cómo irá hasta allí el pequeño sufridor? —añadió, volviéndose hacia la señora Hopkinson.

—¡Eso no será ningún problema! —dijo Blanche—. Mañana por la mañana voy a enviar el carruaje para que recoja a mi hermana y, si la señora Hopkinson y Charlie quieren utilizarlo, pueden regresar todos juntos.

Mientras hablaba, se levantó para marcharse. Willis le abrió la puerta con un nivel de educación que pocas veces ponía en práctica, y la señora Hopkinson la siguió hasta el pasaje, despidiéndose de ella con un beso cariñoso y un sollozo.

—Le pido perdón, pero no hubiera podido evitarlo ni aunque me lo hubiese pedido. Nadie sabe por lo que ha pasado ese pobre niño y, además, es un encanto. Apenas tiene tres años y yo solo espero que viva lo suficiente para darle las gracias él mismo, pues nunca existió una criatura tan amable como usted. Ahora, tenga cuidado con cómo baja esos escalones. ¡Que Dios la bendiga!

Aquella noche, Blanche se sintió complacida con el recuerdo de toda la alegría que había proporcionado y planeó otro acto de amabilidad hacia sus vecinos. Intentaría encontrarse más veces con el interesante señor Willis; «y si puedo persuadirle para que sea un poco más optimista y resignado —pensó—, supondrá un gran alivio para esa familia tan buena. Por supuesto, no estoy del todo segura de que tenga derecho a sentirse tan abatido y, puesto que, según dicen, cada uno tiene una misión, la mía a día de hoy es intentar que el señor Willis sea más resignado. Me pregunto si alguna vez en su vida se habrá reído. Si es así, puede que logremos que lo haga de nuevo».

La excursión a Londres fue un éxito y la señora Hopkinson regresó con un montón de información interesante que contarle a sus hijas. El viaje en carruaje había sido muy tranquilo y *lady* Chester había hecho que construyesen una camita de cojines para Charlie.

—Y en cuanto al médico, queridas, casi me gustaría enfermar un poco si él fuese a atenderme. Ha recomendado un nuevo tratamiento para Charlie y nos ha escrito todo lo que hay que hacer; aunque supongo que se dio cuenta con bastante facilidad de que soy más tonta que una mata de habas y vendrá a verle la próxima vez que visite Pleasance. ¡Qué cantidad de gente buena hay en el mundo! Después fuimos a la plaza Grosvenor a buscar a la señorita Grenville, que se mostró muy interesada por Charlie y dijo que si alguien podía ayudarle, ese era el doctor Ayscough. Estoy segura de que es cierto. Había asistido al concierto de nuestra soberana y, como se dio cuenta de que sentía curiosidad, me contó todo. Por desgracia, no se había fijado en el vestido de la reina, pero dijo que la princesa real llevaba una falda doble de tarlatana blanca adornada con rosas. Está bien saberlo. También dijo que la princesa parecía muy feliz y que pensaba que, con el tiempo, Charlie tendría que ir a visitar el mar.

—Pero, mamá, ¿cómo conocía la princesa a Charlie?

—Querida —dijo la señora Hopkinson riendo—, quería decir que la señorita Grenville dijo eso, por supuesto, pero tengo tantas cosas que contaros que, de algún modo, todo se mezcla. *Madame* Grisi[16] cantó de maravilla. Había al menos veinte personas en la sala de espera (en la del médico, quiero decir), pero, en cuanto vio a Charlie, nos hizo entrar y fingió estar muy contento de ver al perro de madera. He disfrutado mucho del paseo y de la conversación de la señorita Grenville, y mi única desilusión es que el príncipe de Prusia no estuviese allí. En el palacio, quiero decir.

***

Cuando Aileen llegó a su puerta, preguntó si había alguien con su hermana y pareció decepcionada cuando le dijeron que lord Chesterton estaba en el jardín con la señora.

—¿Nadie más?

—No, señorita; el coronel Hilton ha estado aquí, pero se marchó en cuanto llegó milord.

[16] N. de la Trad.: Giulia Grisi (1811-1869) fue una cantante de ópera italiana, considerada una de las grandes sopranos del siglo XIX.

Aileen se animó un poco pero, en lugar de intentar reunirse con su hermana, se dirigió a la salita con aire distraído y se dejó caer en un sillón para, al parecer, disfrutar de sus propios pensamientos. Su actitud distraída despertó la curiosidad de Baxter hasta tal punto que pensó que tenía la obligación de seguirla y preguntarle si deseaba tomar algún refrigerio después del viaje. Como ella no pareció entender del todo lo que quería decir con un refrigerio y lo rechazó con un «no, gracias» ausente, bajó las escaleras para informar a los que estaban en la sala de la servidumbre de que alguien había recibido las flechas de Cupido. Tal anuncio causó un gran revuelo en aquella zona.

No dejaron que Aileen se quedase sola con sus divagaciones, pues lord Chesterton y Blanche entraron desde el jardín. Blanche tenía las mejillas sonrosadas y parecía agitada, mientras que lord Chesterton actuaba de forma demasiado educada y parecía un poco irritable. En general, era un suegro modelo; Blanche se sentía unida a él con total sinceridad y estaba ansiosa por complacerle, pero no se podía ocultar el triste hecho de que era, por naturaleza, lo que se podría decir remilgado, y el remilgo, cuando hay mucha presión, es una cualidad alarmante. Al llegar a Pleasance, se había encontrado con un joven caballero bien parecido y con bigote sentado a solas con Blanche, mientras estaban sumidos en una conversación profunda. Al verle, ambos parecieron confundidos y el joven oficial se marchó con tanta prisa y con una emoción tan evidente que el decoro de lord Chesterton se puso de inmediato en estado de alarma y sacó a relucir unos modales tan formales que casi se asemejaban a la cortesía del siglo pasado. Blanche dejó de ser Bianca o *Brioche*, ningún brazo paternal le rodeó la cintura y no recibió ningún piropo juguetón sobre sus encantos; se había convertido de inmediato en *lady* Chester. Lord Chesterton estuvo a punto de hacer una reverencia cuando se interesó por su salud y la frialdad con la que le preguntó si había recibido noticias de lord Chester congeló los recuerdos de las cartas alegres de Arthur, que parecieron disiparse hasta convertirse en hojas finas de papel en blanco.

Para ser sinceros, la visita del coronel Hilton había molestado a Blanche casi tanto como había perturbado a lord Chesterton. Sus modales habían sido extraños y exaltados, y había repetido de forma innecesaria lo encantado que estaba de haberla encontrado a solas por fin. Blanche había intentado en vano fingir que no había tratado de tomarle la mano mientras farfullaba frases inconexas sobre preocupaciones pasadas y la felicidad del presente. Había sido en medio de aquella crisis cuando lord Chesterton había llegado. No era de extrañar que hubiese parecido atónito y que ella se hubiese sentido casi culpable. El ruido del carruaje de Aileen al llegar había sido un alivio para ambos, pues se habría montado una escena si su *tête-à-tête* hubiese durado mucho más. Por eso, Blanche se había apresurado en llevar a su suegro a casa y, con la ayuda de Aileen y sus historias sobre Londres, la conversación se había mantenido unos minutos más. Al final, lord Chesterton se marchó, aunque a Blanche le pareció que, más bien, se desvanecía en una nube negra que, en algún momento, se convertiría en una carta para Arthur advirtiéndole de la imprudencia de su esposa.

—¡Ay, Aileen! ¿Qué voy a hacer? Está muy enfadado.

—¿Qué ha ocurrido, querida? Me he fijado en que lord Chesterton no parecía complacido, pero no llores por eso. Debe de haber algún error. ¿Qué ha pasado?

—Es todo culpa de ese espantoso coronel Hilton. Ha venido esta mañana; de hecho, ha entrado directamente por la puerta del jardín sin preguntar si yo estaba en casa y ha comenzado a hablarme de un modo muy extraño. Estoy segura de que nunca le he dado pie para que me hablase de sus sentimientos o su felicidad, ya que no me importa si es feliz o desgraciado. En ese momento llegó lord Chesterton, que parecía tan atónito como cabría esperar y, entonces, para empeorar las cosas, ese odioso coronel Hilton salió corriendo como un loco, haciendo que mi *beau-père*[17] supusiese que había interrumpido algún *tête-à-tête* interesante. Sé que va a mandar una carta a Berlín. ¡Ay, Aileen! ¿Qué voy a decirle a Arthur?

—Yo te lo diré —contestó Aileen, estrechando a su hermana con cariño entre los brazos—. Dile a Arthur que el coronel Hilton va a ser su cuñado y que vino a pedirte que escribieras a nuestro tío por nosotros. Blanche, me hizo la proposición anoche en el concierto y pensé que llegaría a casa hace dos horas para poder contarte mi historia antes de que él viniese. Querida, estoy tan contenta…

—¡Aileen, queridísima mía, yo también! Nunca había recibido una sorpresa tan sumamente deliciosa! Así que todas esas visitas eran por ti. Ahora lo entiendo todo y veo lo ridícula que he sido. —Blanche se rió

[17] Nota de la E.: Suegro.

como una niña pequeña hasta que se lo pegó a Aileen, que siguió riendo hasta que, de pronto, le preguntó a su hermana de qué se reían.

—De mí, claro. ¿Alguna vez ha existido alguien más absurdo que yo? ¡Cómo se va a burlar de mí la tía Sarah! Aunque, en principio, la culpa es de Arthur; él fue el que me metió en la cabeza que estaba celoso del coronel Hilton, así que, cada vez que el pobre hombre venía aquí, yo pensaba que era porque estaba enamorado de mí o que, al menos, eso es lo que pensaría Arthur. De verdad que hoy he pensado que se declararía formalmente y me he planteado si no sería mi deber como esposa saltar al río para evitar escucharle. Creo con total sinceridad que, como dice la tía Sarah, mi imaginación se está desbordando en la dirección equivocada. ¿Por qué no se me ocurrió que estuviese enamorado de ti? Nada podría ser más natural, así que supongo que esa es la razón por la que no me di cuenta. Pero ¿por qué no me lo contaste, Aileen?

—Porque yo misma no estaba segura. El año pasado le vi muchas veces en casa de la duquesa de Saint Maur y ella siempre insinuaba que yo le gustaba a su hermano, pero ya sabes que, entonces, comenzó el pleito del Tribunal de Equidad por su fortuna.

—No, no lo sabía; nunca leo los pleitos del Tribunal de Equidad, pero lo haré a partir de ahora. Los tendré en cuenta como forma de interesarme por nuestros conocidos. Pero prosigue, Aileen, esto es muy interesante.

—Bueno, pues el tío Leigh sí lee los pleitos del Tribunal de Equidad porque, si te acuerdas, el año pasado, poco después de que tú vinieras a vivir con la tía Sarah, me alejó de la ciudad a toda prisa.

—Sí, sé que lo hizo y, de hecho, le he odiado desde entonces. Prosigue.

—Habló conmigo sobre el coronel Hilton y me dijo que no alentaría a un hombre que podría acabar siendo un mendigo un día de estos, que lo más probable era que el pleito se fallara en su contra y que, ya que yo no quería prometer que le evitaría, tenía que llevarme a Leigh Hall.

—Muy propio de él.

—Entonces, Alfred...—prosiguió Aileen, vacilando un poco.

—Así que se llama Alfred. Es uno de mis nombres favoritos, pero continúa.

—Cuando me marché, Alfred intentó entablar amistad contigo pero, cuando tan solo te había visto dos veces, se anunció tu matrimonio y, así, aquel plan para proseguir nuestra historia fue un fracaso y, como no recibí noticias suyas y leí en los periódicos que se había marchado al extranjero, comencé a pensar que no le interesaba. Aunque, de todos modos, eso no hizo que yo dejase de pensar en él. Fui muy infeliz, Blanche.

—Querida mía, no me extraña. ¡Y nunca me contaste nada de todo esto!

—Pensé que había sido una tonta y, cuando el pleito se falló a favor de Alfred, haciéndole poseedor de una gran fortuna, el tío Leigh empezó a sospechar que él también había sido un tonto, ya que me preguntó si debería invitar al coronel Hilton a Leigh Hall. ¡Imagínate qué humillación! Por supuesto, le dije que no con total decisión, pero creo que el tío pensó que habría posibilidades de que nos encontrásemos en tu casa. De lo contrario, no me hubiese dejado venir con tanta facilidad cuando lo pediste.

—Y cuando viniste, ahí estaba yo, ahuyentando con mi ceño fruncido al mismo hombre que tú deseabas ver —dijo Blanche, volviendo a caer en uno de sus ataques de risa—. De todos modos, bien está lo que bien acaba. Ojalá supiera qué le ha ocurrido al desafortunado Alfred. Gracias a mí y a mi *beau-père*, debe de tener muy mala opinión de los modales de los Chesterton. ¿Crees que habrá vuelto a la ciudad?

—Por algún motivo, estoy segura de que le veremos a lo largo del día —contestó Aileen con una sonrisa plácida y satisfecha—. Pero no debes decir nunca más que es odioso—susurró.

—Nunca lo he hecho; dije que el coronel Hilton de mi imaginación era odioso, pero me gusta el Alfred que convertirá a mi Aileen en la esposa más feliz del mundo con excepción de su hermana. Pronto empezaré a tenerle afecto. Pero, ahora, debo escribir a lord Chesterton.

—Blanche, tiene que ser un secreto durante unos días.

—Sí, querida, lo sé. Todos los matrimonios son un secreto hasta que todo el mundo ha sido informado. Pero por el bien de mi reputación, lord Chesterton debe saberlo y, como todos los hombres que están sumidos en asuntos importantes, disfruta con las pequeñas confidencias.

Así pues, Blanche se sentó y comenzó a escribir.

Mi querido lord Chesterton:

Su visita de hoy ha sido tan poco satisfactoria tanto para usted como para mí que debe venir a visitarme de nuevo mañana o, como muy tarde, pasado mañana y felicitarme por el matrimonio de mi querida Aileen con el mismo coronel Hilton que estaba sentado conmigo cuando usted llegó hoy. Yo no sabía nada de dicha relación que, al parecer, surgió hace muchos meses y llegó a una feliz conclusión en el concierto de anoche. Él vino con la esperanza de ser recibido como un hermano y descubrió que Aileen no había regresado y que yo no sabía nada de lo que había ocurrido. Su inesperada visita y sus modales confusos me angustiaron y, cuando me di cuenta de lo molesto que estaba usted, sentí que las apariencias estaban en mi contra y era incapaz de explicarle lo que también era inexplicable para mí. Las primeras palabras de Aileen aclararon todo el asunto y ahora usted debe venir y ser de nuevo el padre amable que siempre ha sido con su pobre Brioche que, esta mañana, estaba tan triste como un pastel sin azúcar. No he podido evitar llorar cuando se ha marchado de un modo tan frío, pero ahora estoy muy feliz y usted ha sido siempre tan amable con mi hermana que sé que compartirá su felicidad. La he chantajeado para que me diera permiso para contarle lo que debe ser un secreto para el resto del mundo durante un par de días.

Su afectuosa hija,

B.C.

No había nada en el mundo que complaciese tanto a lord Chesterton como una confidencia. Le gustaba sentir que poseía un secreto de verdad, algo que se hubiese desvelado ante él pero que permaneciese en las sombras para el resto del mundo. Llevaba aquellas cartas confidenciales en el bolsillo de su chaleco y, de vez en cuando, aludía a ellas de forma misteriosa o dejaba que un amigo muy íntimo pudiese vislumbrar una esquina del sobre o la mitad del sello postal.

Además, al ser un hombre meticuloso y reservado, la facilidad de trato y la franqueza de su nuera le resultaban una fuente constante de sorpresa y asombro. Siempre le sugería que fuese un poquito más prudente durante sus conversaciones y, quizá, que mostrase algo menos de ímpetu en sus opiniones, pero, en realidad, hubiese lamentado mucho que ella hubiese atendido a sus recomendaciones. Le gustaba ya que era franca y abierta, el contraste perfecto consigo mismo. Se sintió conmovido por su carta, por lo sensible que era ante sus reproches o sus alabanzas y porque había captado la forma tan digna en la que él había mostrado el menor signo de desaprobación. Así que, a la mañana siguiente, llegó a Pleasance desbordante de afecto paternal y afabilidad. Estrechó la mano del coronel Hilton con cariño, abrazó a Aileen (no sin cierto recelo con respecto a lo apropiado del gesto) y le regaló un magnífico brazalete, tras lo cual ella le devolvió el abrazo y le libró de sus escrúpulos.

Pasó el resto de la visita mostrando su afecto y admiración por su hija y, tras haberle entregado un *porte monnaie*[18] espléndido, se atrevió a señalar que, aunque era poco decoroso que él se refiriera a ciertas circunstancias, era consciente de que su queridísima Blanche debía de estar haciendo preparativos para un evento muy feliz y esperado, y que había traído su contribución para lo que creía que se denominaba *layette*. Sin embargo, esta última palabra fue demasiado para su delicadeza y se marchó lleno de confusión. El viejo y buen bribón era consciente de que había mandado a Arthur una declaración errónea del comportamiento de Blanche y, aunque la rectificación había salido tan pronto como había recibido la carta de ella, en parte consideraba sus regalos una compensación.

—Es una lástima que lord Chesterton me haya regalado este brazalete tan bonito y que a ti solo te haya dado esa bagatela de París —dijo Aileen.

Sin embargo, cuando apareció un cheque de quinientas libras, el coro de aprobación fue alto y unánime y la mente de Blanche, que ya soñaba con un faldón de bautizo, se perdió en un mar de encajes de Valenciennes y bordados.

[18] N. de la Ed.: Monedero.

Capítulo 9

—Mamá —dijo Janet un par de días después—, ¿vas a devolverle la visita a *lady* Chester?

—No, querida, claro que no. Fue muy apropiado que nos visitara, dado que pensaría que estaba en deuda con nosotras tras haberla cobijado de la lluvia. En cuanto a su amabilidad con el pequeño Charlie, costaría creerlo si no fuese porque todo el mundo adora a ese niño. Sin embargo, no querrá que yo la visite y, además, habría que verme en su salón, ¡menudo espectáculo! Las dos tardes pasadas han venido entre ocho y diez carruajes con gente muy refinada, y el carruaje de la duquesa siempre está en la puerta. Yo estaría más fuera de lugar allí de lo que la baronesa lo estaba aquí.

—¡Esa baronesa espantosa! —exclamó Rose—. Charles dice que se mudará mañana a Marble Hall para siempre, ¿verdad, Charles?

—Dije que venía para quedarse; nunca me atrevo a afirmar que sea para siempre y, en este caso, además, no espero nada bueno. Tiene demasiado dinero como para que sienta afecto por ella. Miren lo que me ha enviado hoy. —De un sobre con un borde negro de un centímetro sacó cuatro invitaciones de color azul brillante decoradas con unos angelitos que hacían cabriolas sobre unos pimpollos diminutos—. Invitaciones para un pícnic en la barcaza del alcalde; habrá una banda y, probablemente, también baile. En resumen, todas las cosas que más me disgustan y que menos concuerdan con mis hábitos. La baronesa debería tener un poco más de tacto. —Casi soltó un gruñido al relatar aquella afrenta incisiva a su reputación que tanto le había molestado.

—Querido, desde luego que ha sido bastante desconsiderado por su parte, pero creo que sus intenciones eran buenas. Aquí pone que las invitaciones cuestan una guinea cada una. Es una idea generosa, aunque no veo por qué habría de gastarse cuatro guineas para obligarte a hacer algo que no te gusta.

—¿Acaso es esto posible? —murmuró Willis lentamente—. ¿De verdad alguien puede estar tan ciego ante la parte sórdida de la naturaleza humana y los pícnics? Señora, debo pagar las invitaciones. Es decir, si me las quedara, debería pagarlas. La baronesa es una de las patrocinadoras; tiene demasiadas invitaciones para repartir y desea obligarme a comprar cuatro de ellas, eso es todo.

Volvió a colocarlas dentro del sobre negro que contenía una nota todavía más triste en la que transmitía a la baronesa la confirmación sin más detalles de que el señor Willis nunca (con dos rayas bajo «nunca») se unía a ninguna (una raya) fiesta de placer y era bastante (otras dos rayas) incapaz de que un pícnic le alegrara. Después, contempló su nota con un aire satisfecho de abatimiento.

—Señorita Janet —dijo la niñera de Charlie, entrando en la estancia—, *lady* Chester le envía sus respetos y ha decidido que estaría *mu* agradecida si pudiese salir unos minutos, si no le viene mal.

—No le ha ocurrido nada a Charlie, ¿verdad? —dijo Janet, levantándose de un brinco. Las dos jóvenes tías adoraban a aquel niño.

—¡Bendita sea, señorita! No, aunque está en camino de convertirse en un niño *muchísmo* consentido. La señora me había dicho que le mantuviese *apartao*, ya que *milady* había sido *mu* amable con el jardín pero, ¡Señor!, entre unas cosas y otras, ese caballero alto con bigote que siempre está allí quería subirlo a un barco con la cuna y *to* para darle un paseo, pero yo he pensado que podría ahogarse y sabía que me sentiría «mucho mareada» y dije que no. Así que, señorita, ¿podría venir?

—¿Debería ir, mamá? La pobre señora Thompson sale hoy del hospital y no tiene ningún amigo o familiar, así que le prometí que iría a visitarla y que consultaría con la enfermera jefe qué podíamos hacer por ella.

—¿Es una viuda? —preguntó Willis.

—Sí, su marido se ahogó y ella tuvo un accidente horrible; ha estado tres meses en el hospital.

—Bueno, debido a su sufrimiento, le regalaré lo que vale una de estas invitaciones —dijo Willis, que estaba de muy buen humor por el buen cuidado que estaba recibiendo su hijo y por la respuesta tan digna que le había escrito a la baronesa—. Aunque el dinero no da consuelo.

—¿De verdad? —le interrumpió Janet—. No dirías eso si vieras a alguna de esas pobres criaturas llorando cuando salen del hospital porque no tienen un hogar al que regresar. Estoy en deuda contigo, Charles, tu guinea será de gran ayuda para esa pobre mujer. Mamá, si no he regresado de Pleasance dentro un cuarto de hora, ¿se la llevarás por mí?

Y tras decir aquello, se marchó. La condujeron hasta la alcoba de Blanche, que le pidió disculpas por haber pedido que fueran a buscarla.

—Estamos muy interesadas por dos o tres mujeres que están en el hospital —dijo, señalando a una mujer alta y de aspecto distinguido que vestía de forma sencilla y que estaba sentada junto a ella—, y el señor Greydon dice que usted las conoce a todas y podría darnos más información sobre ellas de la que nos puede facilitar él.

A Janet le latió el corazón de complacencia. Las alabanzas del señor Greydon le resultaban tan inesperadas como placenteras y, además, le entusiasmó la posibilidad de beneficiar a alguna de sus *protégées*[19] favoritas. Discutieron y solucionaron el caso de la señora Thompson y encontraron un asilo para una joven huérfana que había sufrido una mutilación. Clara, que así era como *lady* Chester se había referido a aquella amiga de aspecto tan digno, dijo que las pobres pacientes le habían hablado mucho de la asiduidad con la que la señorita Hopkinson iba a visitarlas y a leerles y de cómo disfrutaban escuchándola cantar junto a su hermana.

[19] N. de la Ed.: Protegidas.

—¡Así que canta! —exclamó Blanche—. Hace siglos que no escucho una canción; debe cantar para mí.

—No se puede decir que lo mío sea cantar, *lady* Chester —dijo Janet con una sonrisa—. Mi hermana y yo hemos recibido poca instrucción y apenas hemos escuchado música de verdad. Sin embargo, hemos aprendido solas algunos cánticos e himnos, así como algunas baladas pasadas de moda que complacen a nuestras pobres amigas enfermas, pero que dudo que fuesen del gusto de nadie más. Cuando usted llegó, trasladamos nuestro piano a la habitación trasera por miedo a que el ruido la molestase.

La marcha fúnebre de *Saúl* golpeó la memoria de Blanche con sus acordes antiguos y melancólicos, pero entonces recordó que la habían tocado con gran emoción. Una vez más, rogó a Janet que cantara y abrió su propio piano. Janet dijo que, para lo poco que podía hacer, no necesitaba ni acompañamiento ni que le suplicasen dos veces. Así pues, sin la menor de las vergüenzas, comenzó a cantar *El viejo Robin Grey*[20] con una voz dulce y profunda que dejó atónitas a sus oyentes. Más que cantar la canción, parecía que estuviese recitándola con una vehemencia que resultaba abrumadora. Justo en el momento en el que el corazón de la heroína estaba a punto de romperse, un sollozo de *lady* Chester acabó con su sufrimiento, con las esperanzas de Robin y con la balada de Janet.

—¿Qué le ocurre, *lady* Chester? —preguntó.

[20] N. de la Trad.: *Auld Robin Grey* es una balada escocesa escrita en 1772 por la poetisa *lady* Anne Lindsay.

—Su forma de cantar, por supuesto. Es más eficaz para romper corazones que *La madre que no hablaba.*[21] Es lo más conmovedor que he escuchado nunca. ¿No te parece, Clara? —Pero la joven estaba enjugándose los ojos y no contestó—. Querida señorita Hopkinson, su voz es un gran regalo. Sería usted muy amable si nos permitiese visitarles y escuchar cómo practican usted y su hermana. ¿Es la forma de cantar de Rose similar a la suya?

—Rose canta mucho mejor que yo —dijo Janet con sencillez—, y, si de verdad cree que se divertirá y no está diciendo tantas cosas amables para complacerme, estoy segura de que ambas estaremos encantadas de venir y cantar para usted siempre que quiera. Esperamos que papá vuelva a casa este mes —añadió con los ojos brillantes de emoción—; le gustan tanto estas baladas antiguas que, en estos momentos, nos sentimos muy musicales. *Lady* Chester, si no tiene nada más que preguntar sobre el hospital, me gustaría ir allí para contarles a la señora Thomson y a Ellen Smith todo lo que hemos hablado, ya que las hará muy felices. Aunque primero iré al jardín y mandaré al pequeño Charlie a casa. No puedo transmitirle lo mucho que mamá agradece su amabilidad hacia nuestro pobre niño querido.

—Es un encanto —dijo Blanche.

—Y uno de mis favoritos —añadió Clara—. Mi carruaje está en la puerta, señorita Hopkinson, y puedo

[21] N. de la Trad.: Aunque no se ha encontrado información sobre *The mither that did not speak*, parece tratarse de otra balada escocesa, ya que el término «mither» es una forma escocesa para la palabra «mother».

dejarla en el hospital. Mientras usted envía a su sobrinito a casa, me pondré el sombrero. Podemos encontrarnos en el vestíbulo.

—¡Muchas gracias! —dijo Janet—. Así seguro que llegaré a tiempo de ver a la señora Thomson. —Tras decir aquello, bajó las escaleras corriendo.

—Esa sí que es una chica agradable —dijo la duquesa—. No es ni vergonzosa ni torpe, pero tampoco es atrevida. Además, es evidente que está dedicando su vida a hacer todo el bien que le permiten sus recursos. ¡Y cómo canta! Querida, me avergüenzo de mí misma. Empezaba a imaginarme que el duque era el viejo Robin Grey y que yo había abandonado a algún Jamie por él. Tú y Aileen, Blanche, os habéis librado de ser promiscuas.

—Gracias a la tía Sarah —señaló Blanche.

—Y gracias a vuestro buen juicio y buen gusto. Si pudieras ver a algunas de las jovencitas que no hace ni un año que han sido presentadas en sociedad, sus modales descarados te dejarían estupefacta, la forma en la que hablan de asuntos de los que, incluso hoy en día, me daría vergüenza hablar, su negligencia hacia sus madres y su extraordinaria autosuficiencia. Esa jovencita tan tranquila y espontánea resulta una novedad. Creo que debería relacionarme más con los Hopkinson, Blanche.

En el vestíbulo, la duquesa se encontró con Janet que, al ver el carruaje, se dio cuenta del rango de su acompañante y lamentó enormemente haber tomado la decisión de aceptar el viaje con una amiga desconocida. No sabía muy bien cómo referirse a ella y, aunque se imaginó llamándola «su gracia», lo descartó por considerarlo demasiado plebeyo. Después, se maravilló al darse cuenta de que había cantado para una persona cuyos conciertos siempre eran alabados como los mejores de Londres. Sin embargo, más tarde, le dijo a Rose lo siguiente:

—La duquesa no es ni la mitad de pomposa que la baronesa y no se parece en nada a ella. Dicho esto, entenderás por qué comencé a hablarle de ti, de mamá y de la gente pobre como lo haría con cualquiera de nuestras amigas. Cuando llegamos al hospital, no pude evitar rogarle que entrase y les contase a esas pobres mujeres los planes que había hecho para ellas. Fue muy agradable escucharla hablar con ellas y, además, hay muchas cosas que puede hacer para ayudarlas. Qué placentero debe de resultar ser muy rico. Entonces llegó el señor Greydon —añadió Janet, sonrojándose—. ¿Sabes que le habló de mi forma de cantar? Él dijo que nunca había tenido la buena suerte de escuchar a la señorita Hopkinson cantar más allá de la iglesia y ella le dijo que, en tal caso, le esperaba un gran placer. Quería traerme de vuelta a casa y, una vez más, pensé en la baronesa y lo maleducada que había sido con la querida mamá. Por supuesto, preferí volver andando. El señor Greydon vino conmigo parte del camino. —Entonces, hizo una pausa. Lo demás era demasiado importante para mezclarlo con asuntos más mundanos, así que se guardó los comentarios del señor Greydon sobre las cosechas, muy prometedoras, la prevalencia de la tos en la escuela y la mejoría del pequeño Charlie para su propia reflexión privada; eran asuntos demasiado sagrados incluso para contárselos a Rose.

Capítulo 10

Esta mañana he recibido una nota muy graciosa de tu amiga la baronesa, Willis —dijo la señora Hopkinson—. Parece que tiene algún tipo de disputa con Randall y me ha pedido, de forma bastante fría, que vaya a revisar con él el inventario, ya que no puede confiar en sus sirvientes y no está acostumbrada a hacer ese tipo de trabajo pesado por sí misma. Por supuesto, quiero ser una buena vecina, pero no entiendo por qué debería convertirme en la esclava de la baronesa Sampson y, además, tampoco quiero discutir con Randall.

—Por supuesto que no, señora, tiene razón. Es mi deber mantener buenas relaciones con los Sampson y supongo que pensó, como es natural, que mi propia familia sería amable con ella. Se llevará una decepción, pero eso no tiene la menor importancia. ¡Pobre mujer! Acaba de descubrir lo del guacamayo y dice que, de haber conocido semejante molestia, no habría alquilado Marble Hall. Cree que Randall tendría que habérselo contado y desea que se deshaga del animal. Él se ha limitado a decirle que no sabe dónde está y que, en su opinión, suena muy alegre. Bueno, como le digo a ella, es parte de la vida: la descortesía es la única ayuda y el chillido de un guacamayo la única armonía. ¡Ay, la vida!

—Señor, querido, no hables de ese modo; no pretendía ser descortés.

—Eso le dije cuando me contó cuánto le había sorprendido y angustiado su nota. Le aseguré que usted no pretendía ser descortés y que estaba seguro, gracias al lazo de tristeza que nos une a usted y a mí, de que no podía haber pretendido enfadar a ninguno de mis amigos. La señorita Monteneros estuvo de acuerdo conmigo. Me hubiese gustado cenar en Marble Hall, ya que me resultaría muy ventajoso, pero hay tanto desorden que debo volver a mi casa solitaria.

La señora Hopkinson parecía tan consternada ante la imagen que le habían presentado de su conducta que mostró al momento su disposición de ir a Marble Hall para poder ser de utilidad. Willis aceptó esa concesión con un suspiro (el verdadero suspiro de Willis, uno que solamente él mismo podría lanzar). Las niñas, a quienes no les gustaba la forma tan egoísta en la que manipulaban a su madre, dijeron que, como ya se había negado, no debería ir a menos que volviesen a solicitar sus servicios.

—Lo han hecho por medio de mi persona; le dije a la señorita Monteneros que vendría a buscarla.

—¿Y quién se supone que es esa tal señorita Monteneros? —preguntó Rose.

—La sobrina del barón Sampson. Una heredera muy rica, además de una muchacha encantadora.

Dijo aquello con seriedad y de tal modo que pretendía hacer que sus cuñadas entendieran que ellas no estaban incluidas en aquella categoría.

—Bien, entonces ella puede ayudar a su tía.

—Qué poco la comprenden —murmuró Willis, sacudiendo la cabeza y preguntándole a la señora Hopkinson si estaba lista.

Se llevó a su víctima con gesto de triunfo apenado, dejando a las niñas muy indignadas y con la leve esperanza de que la señorita Monteneros acabase despachando a aquel que quería consolarla.

—Confío en que tenga un carácter autoritario —dijo Janet.

—Y muy buen humor —añadió Rose.

La baronesa recibió a la pobre señora Hopkinson con mucha frialdad. Si aquella mujer excelente hubiese persistido en negarse, lo más probable es que la baronesa hubiese ido a visitarla al día siguiente y la hubiese tratado con cortesía y como a una igual. Sin embargo, ahora veía una oportunidad para convertirla en una esclava, y una esclava domesticada sería un añadido muy útil para su casa. Era cierto que Marble Hall estaba sumida en un caos absoluto: el mayordomo y el ama de llaves estaban en guerra entre sí, pero unidos a la hora de maltratar a Randall; una de las limpiadoras se emborrachaba, lo que la llevaba a vociferar, y la otra presentaba la versión dormilona de la misma dolencia; una de las doncellas estaba histérica y dos doncellas personales estaban tomando el té mientras supervisaban con calma una larga fila de baúles y cajas de sombreros sin abrir. La baronesa les estaba regañando con palabras que transmitían tal vulgaridad que la idea de que, en algún momento temprano de su vida, había conocido personalmente los modales y el lenguaje del oficio cruzó la mente de la señora Hopkinson. En cualquier caso, la forma en que trataba a sus sirvientes no estaba pensada para inspirarles apego o respeto. Al verla llegar, volvió a interpretar de inmediato el papel de dama de alta alcurnia en apuros.

—¡Ha venido! Estoy muy agradecida a Willis. —Una vez más, la señora Hopkinson pensó que, para variar, mostrar un poco de agradecimiento hacia su persona no hubiera estado mal—. Pase a la salita y le contaré todos mis problemas. Sé que usted, alma caritativa, se hará cargo de ellos por mí. Mi mayordomo, que antes trabajaba para el marqués Guadagni, es un hombre muy refinado y dice que no puede encargarse de una cristalería alquilada. Está acostumbrado a las mejores piezas y no quiere tener nada que ver con el inventario, lo que ha hecho que a mi ama de llaves se le haya metido en la cabeza decir lo mismo sobre la porcelana. Mi doncella personal y la de la señorita Monteneros no quieren deshacer el equipaje porque no les gustan los armarios; Randall no quiere suministrarnos unos espejos orientables y las dos mujeres que han venido a ayudar están borrachas —dijo la baronesa, dejándose caer sobre un sillón—. Cómo se reiría la condesa Montalbano si viese que tengo que arreglar este *embarras*.[22] ¡Pobre de mí! Así que ahora, usted que es tan amable, hágase cargo y vea si puede poner algo de orden en este caos.

[22] N. de la Ed.: Entuerto.

—No veo que haya mucho que yo pueda hacer —dijo la señora Hopkinson sin rodeos—. Puedo pedirle a Randall que envíe uno o dos espejos más y tal vez me haga caso por ser su vecina desde hace años. También puedo recomendarle una o dos limpiadoras de confianza para que reemplacen a las que tiene, pero primero debe despedir a las otras.

—Ay, claro —asintió la baronesa mientras se sumía todavía más en su languidez—, esas mujeres deben irse. ¿Podría ser tan amable de despedirlas? Después, si ayudase a Randall a revisar el inventario, me serviría para poner fin al dilema en el que se han sumido el mayordomo y el ama de llaves.

Aquello fue demasiado incluso para la naturaleza bondadosa de la señora Hopkinson, que estaba más cerca que nunca de enfadarse. No obstante, se deshizo de cualquier preocupación por los sentimientos de Willis hacia los Sampson.

—Bueno, si depende de mí que acaben con el dilema, van a quedarse donde están. Me alegra decir que no sé nada sobre los sirvientes refinados y su modo de hacer las cosas. Los míos hacen lo que les pido y eso es todo. Le aconsejaría, baronesa, que les diga que si no han solucionado todo a lo largo de la tarde, los despedirá a todos por la noche. Si le obedecen, ahí se acaban sus problemas; si no le obedecen, se habrá deshecho de sus sirvientes, que tampoco estaría mal.

—¿Y qué hago con el inventario? —dijo la baronesa, haciendo un último intento de tratar a la señora Hopkinson como a una subordinada.

—Estoy segura de que todo saldrá bien y, si no, aquella jovencita podría encargarse de ello.

—¿Yo? —preguntó la señorita Monteneros, abriendo unos ojos ennormes y dejando los anteojos con los que había estado observando a su tía y a la señora Hopkinson.

—¿Rachel haciendo un inventario? —dijo la baronesa con una risa desdeñosa—. Eso no es muy probable.

—No, desde luego —dijo Willis—. Estoy seguro de que las preocupaciones del hogar no están a su altura.

De nuevo, Rachel volvió a observarlos con sus lentes y, después, dándose la vuelta, murmuró el siguiente poema:

Tareas del hogar, no me molestéis
con vuestra constante embestida,
ni intentéis atrapar con cadenas
lo estético que hay en mi vida.

—Ay, Dios mío, dichosa poesía —dijo la baronesa, que parecía encontrarse muy mal—. ¿Acaso ya no voy a oír nada más a partir de ahora?

—Nunca había oído recitar ese poema, tía. He compuesto esos versos mientras usted y su amiga hablaban de sus asuntos. ¿Qué sería de nosotros sin una palabra tan importante como «estético»? —dijo, hablándole a la señora Hopkinson como si fuese una caricia—. ¿Acaso no representa todas las cosas posibles?

—Tal vez lo haga, querida —dijo la señora Hopkinson, que no pudo evitar reírse ante la forma de hablar de Rachel, que arrastraba las palabras—, pero nunca antes la había oído y no sé lo que significa. Si hubiese dicho «asmático», la hubiese entendido a la primera. Ahora, debo desearles que pasen una buena mañana, pero mis hijas estarán esperándome.

La baronesa le dijo adiós con desdén, la jovencita parecía distraída y Willis, que estaba un poco avergonzado por sus amistades, consintió en acompañar a su suegra y se marchó con bastante ceremonia.

—¡Vaya, vaya! —dijo la baronesa—. Creo que esa mujer está enfadada. ¡Menudos aires se da! No es que me importe, dado que no influye en el querido Willis, el yerno taciturno.

—«Algo más que deudo, y menos que amigo»[23] —declamó Rachel.

—Deja de una vez ese hábito sin sentido. Llevas así una semana y ya estoy harta. Además, a Willis no le gusta, y vuelvo a repetirte que es de suma importancia para el barón que... —Le desconcertaban las argucias del barón y, quizá, le diese vergüenza ponerlas en palabras—. Resumiendo, Rachel, al señor Willis hay que...

—¿Pescarlo, tía Rebecca? —Miró fijamente a su tía y se dio cuenta de que ésta se encogía, pero enseguida se recuperó.

—Hay que tratarlo con respeto y debemos hacer que sienta que somos amigos de verdad. Tengo que insistir en que hagas que nuestra casa le resulte agradable.

—Es imposible que una dos ideas tan distintas como son el señor Willis y lo agradable. Además, si no le gusta mi vena poética, entonces estoy perdida. Usted me dijo

[23] N. de la Trad.: Cita del primer acto de *Hamlet* (1602) de Shakespeare.

que era un sentimental, así que he reunido una colección espléndida de citas adaptadas a ese estado de ánimo y, ahora, mi lengua debe ser «un instrumento sin cuerdas»[24]. ¿Qué será lo próximo, tía?

—No sirve de nada intentar que entres en razón —dijo la baronesa que, para gran deleite de Rachel, se encontraba sumamente agitada—. Tu tío se va a enfadar muchísimo y, ahora que esa mujer tan tediosa ha decidido no ayudarme, tengo que intentar solucionar los asuntos de la casa de algún modo. El barón quiere dar una gran *fête*[25] la semana que viene y luego está esa fiesta en el agua. Todavía tengo la mitad de las invitaciones sin repartir y no se ha organizado nada. Y en cuanto a ti, ¿de qué me sirves como apoyo? Tumbada en un sofá mientras lees poesía eres más un estorbo que una ayuda.

La forma en la que la baronesa cerró la puerta fue bastante parecida a un portazo y, una vez que estuvo cerrada, el gesto y la actitud de Rachel cambiaron por completo. Su aspecto a medio camino entre la insolencia y la somnolencia se desvaneció, y la apariencia de humor reprimido que caracterizaba su rostro se tornó en un gesto de ansiedad cuando, apoyando la cabeza entre las manos, pareció sumirse en pensamientos profundos y dolorosos. Estaba intentando adivinar cuál era su posición en el mundo y ante ella se desplegaban los días de su infancia (un hogar, una madre y los afectos

[24] N. de la Trad.: Cita del segundo acto de *Richard II* (1595) de Shakespeare.

[25] N. de la Ed.: Fiesta.

juveniles, tan férreos y preciados) y, después, la oscuridad (sus padres borrados del mapa y ella puesta bajo la tutela del barón Sampson). No es que fuese una carga, ya que, aunque aquello no tuviese valor para alguien tan joven, heredaba una buena fortuna; pero ya no tenía un hogar: no estaba abandonada, pero tampoco era querida. Sus días de colegiala no habían sido infelices; había encontrado amigas afectuosas entre algunas de sus compañeras y su instructora había resultado ser una consejera capaz. Además, había permanecido en la escuela por voluntad propia hasta cumplir los diecinueve. En ese momento, la baronesa la reclamó con un entusiasmo incomprensible. La trataron con cortesía, la adularon y mimaron, pero los instintos juveniles son más fuertes que la experiencia de la edad y ella era capaz de sentir la falsedad de la atmósfera en la que vivía. Todo era falso: la cortesía del barón, las caricias de la baronesa y las atenciones del primo Moses. «Todos somos actores y actrices —solía decir—, y ninguno de nosotros está a la altura de nuestros papeles aunque estemos actuando de continuo».

Aquello se había prolongado durante dos años. Un mes atrás, se había convertido en mayor de edad y, el día de su cumpleaños, su tío le regaló un *parure*[26] espléndido de ópalos y diamantes («falsos, por supuesto», había pensado para sí misma) y, al mismo tiempo, le había pedido que firmase unos pergaminos de aspecto sombrío que, según le había dicho, eran meras formalidades para librarle a él de las responsabilidades

[26] N. de la Ed.: Adorno.

sobre su fortuna y convertirla a ella en una jovencita muy independiente. Desde aquel día, el tono de la familia había cambiado visiblemente. Comenzó a sentir que la trataban con negligencia, más como a un pariente pobre que como a una pupila rica, y ya no se preocupaban tanto por encubrir las especulaciones y los asuntos económicos del barón.

La forma en la que casi le habían ordenado que engañase a Willis para atraerlo a la casa había levantado sus sospechas y dichas sospechas se habían confirmado con el cambio de gesto de su tía cuando, bromeando, la había acusado de haberle engañado. En aquel momento, estaba a punto de convencerse a sí misma de que la fortuna del barón era otra mentira y de que su propia fortuna había acabado en manos de su tío gracias a algún engaño relacionado con los pergaminos.

«Y no tengo ningún pariente o amigo cerca a quien pueda pedir ayuda. Vivo en una prisión disfrazada de palacio y desempeño mi papel en esta bufonada que consiste en engañar a los transeúntes. Ahora bien, no seré el señuelo que atraiga a otros a la ruina que ha caído sobre mí. Si ese hombre no es capaz de abrir los ojos, debo avisar a su suegra. ¡Cómo me ha animado la honestidad de esa mujer! La hubiese abrazado. Creo que mi tía me gusta más desde que se ha vuelto abiertamente maleducada, pues al menos hay verdad en ello. Supongo que será suficiente para satisfacerme».

Sin embargo, se equivocaba. El barón llegó de la ciudad y, durante un rato, estuvo encerrado con su esposa. Después, cuando todos se reunieron durante la que fue una cena muy incómoda, volvieron a tratarla con una actitud cariñosa. Rachel volvió a ser a cada momento la «niña querida», la «preciosa mujercita» y la «adorable criatura»; y, cuando las mujeres se retiraron, la baronesa sufrió un ataque de risa, burlándose de sí misma. Afirmó que aquellos sirvientes tan horribles la habían enojado tanto que suponía que había perdido los nervios y que, desde luego, había estado fuera de sí cuando le había hablado como lo había hecho a su pequeña Rachel, que era tan querida y tan graciosa con todas aquellas citas divertidas con las que la baronesa disfrutaba tanto y que no querría perderse por nada del mundo.

—«El mundo es una cosa grande, un gran precio por un vicio pequeño».[27] Eso es de *Otelo*, tía.

—Qué jovencita tan inteligente, qué talento tienes. El barón siempre dice que eres la mujer más astuta que haya conocido jamás, que sería imposible engañarte.

«Entonces pretenden algún engaño», pensó aquella mujer astuta y decidió que tendría que estar atenta.

[27] N. de la Trad.: Cita del Acto IV de *Otelo* (1603) de Shakespeare.

Capítulo 11

Willis y la señora Hopkinson caminaron en silencio durante un momento hasta que, de pronto, ella dijo:

—No me gusta esa gente, Charles. No me importa que sean maleducados conmigo; supongo que parezco un ama de llaves respetable y ella piensa que lo soy. Eso no me importa, pero no soy capaz de desentrañar cómo son en realidad. ¿Qué sabes de ellos, querido?

—Él es uno de los hombres más ricos de la ciudad —dijo Willis en tono de disculpa, ya que le molestaba bastante que hubiesen tratado a su suegra con descuido—, y ella es una dama muy refinada.

—Será muy refinada, querido, pero, créeme, no es una dama. No me importa que no tenga ni los modales de una dama ni, desde luego, la apariencia; para mí no los tiene, pero lo que odio son sus pretextos.

—Querrá decir pretensiones, señora.

—No, no es así, Charles. Sé lo que son las pretensiones, todos las tenemos. Hablo de los pretextos. Su indefensión, su ignorancia y sus nervios son solo pretextos y, antes de que te embarques en algún asunto económico con esa familia, creo que tú los llamas «especulaciones», te aconsejaría que conocieses un poco más su historia.

Willis se sintió bastante consternado al oír aquello. Tenía una muy buena opinión del excelente juicio de la señora Hopkinson y la sensación instintiva de que su consejo era bueno, aunque llegaba demasiado tarde. En parte, ya se había visto envuelto en las argucias del barón y estaba a punto de embarcarse en una especulación conjunta mayor. Ahora la evitaría y, desde luego, estaba decidido a seguir el consejo de su suegra aunque, por supuesto, le hubiese refunfuñado por habérselo dado.

Cuando llegaron a casa, descubrieron que Janet y Rose estaban en Pleasance. La señora Hopkinson leyó una nota de *lady* Chester que habían dejado en la mesa y, mostrándosela a Willis dijo:

—Esto sí es la nota de una dama. Quiere oírlas cantar juntas y desea que *lady* Sarah tenga también ese placer, pero espera que no se planteen ir si tienen algún tipo de compromiso y señala que, en tal caso, escojan otro momento. Además, me invita a mí también.

—¿Qué quiere decir todo eso del canto de las niñas? ¿Cantan bien? —preguntó Willis, que no hubiese distinguido *Dios salve a la reina* de una giga irlandesa ni aunque su vida hubiese dependido de ello.

—La verdad es que no sé si cantan bien o no. Cantan para entretenerse y para complacerme, aunque es un placer extraño ya que, a veces, acabo llorando como un bebé cuando escucho letras que hablan del mar profundo y del rugir de las olas salvajes. Por supuesto, en esos momentos pienso en John y tal vez es eso lo que me conmueve pero, pobrecitas mías, también tienen algo muy especial en sus voces.

—¿Va a ir a encontrarse con ellas, señora?

—No, querido. En Pleasance son todos jóvenes y no quieren que esté allí. Prefiero que las niñas me lo cuenten todo.

Cuando regresaron, tenían tantas cosas que contar que se interrumpían la una a la otra cada diez palabras, hablaban a la vez, paraban e intentaban comenzar de nuevo con buen pie el relato de su información.

—¡Ay, mamá! ¿Qué te parece? ¿Has visto pasar al coronel Hilton a caballo? —dijo Janet.

—Es el oficial alto que le ha enseñado a Charlie… —comenzó Rose.

—A llamarle «Bigotes» —la interrumpió Janet.

—Es el hermano de la duquesa de Saint Maur.

—Y la duquesa de Saint Maur es su hermana.

—Y va a casarse con la señorita Grenville —añadieron las dos a la vez.

—De una en una —dijo su madre, riendo—. Bueno, creo que una boda es un acontecimiento alegre. ¿Habéis visto a los novios?

—Sí, el coronel Hilton es lo que *lady* Chester denomina un fanático de la música. Está loco por ella y le gustó mucho la versión de *Ruth* que hizo Janet.

—También dijo que Rose tiene una de las mejores voces de contralto que haya escuchado nunca. La duquesa también estaba allí y, ay, mamá, esto es lo mejor de todo: nos ha invitado…

—A un concierto matutino en Saint Maur House —dijeron las dos a la vez—. Podremos escuchar a Piccolomini, a Giuglini[28] y a todos esos grandes cantantes sobre los que hemos leído en los periódicos.

—¿Lo decís en serio, queridas? Pero no podéis ir las dos solas con todo ese grupo de grandes personalidades.

—¡Ay, pero también te ha invitado a ti! Aquí está la invitación, la trajo con ella. «Para la señora Hopkinson y las señoritas Hopkinson».

La pobre señora Hopkinson, ante el aspecto radiante de sus hijas, no respondió. Le dolía defraudarlas, pero la idea de ir a una gran fiesta en Londres era una que no podía considerar ni por un instante y, con gran tristeza, así se lo hizo saber.

—Me temía que no te gustaría la idea, queridísima y anciana mamaíta, por eso nos negamos en un primer momento. Sin embargo, *lady* Chester, que es muy buena, muy hermosa y todo aquello que se supone que debe ser, dijo que *lady* Sarah iba a acompañar a la señorita Grenville y que podíamos ir con ellas en su carruaje. Así que, si no tienes ninguna objeción, nos gustaría ir.

—No tengo ninguna objeción al respecto —aclaró al instante la señora Hopkinson—. Tan solo pensad en la sorpresa que se llevaría vuestro padre si regresase a casa ese día y le contasen que estáis en un concierto en Saint Maur House. La reina va allí y aunque, por supuesto, no le pedirán que os conozca... Quiero decir,

[28] N. de la Trad: Marietta Piccolomini (1834-1899), soprano italiana conocida por su interpretación de Violetta en *La Traviata* de Verdi, y Antonio Giuglini (1825-1865), tenor italiano muy famoso en Londres.

que no os pedirán que la conozcáis, aun así vais a estar en una casa donde podríais haber conocido a su majestad. —Ante aquella posibilidad, la lealtad de la señora Hopkinson aumentó.

El siguiente tema de conversación fue la vestimenta, pero Jane y Rose pensaban que *lady* Chester era tan bondadosa que podían atreverse a pedirle consejo sobre ese punto, así que aplazaron el asunto. La señora Hopkinson les contó lo que había pasado aquella mañana, haciendo que sus hijas se indignaran y le diesen la orden inamovible de no regresar jamás a Marble Hall.

—¡Pobre Willis! —añadió la señora Hopkinson—. Supongo que, como él mismo dice, es un hombre desafortunado. Desde luego, no ha tenido suerte con estos amigos. La sobrina es la mejor del grupo, aunque no entendí de qué estaba hablando. Además, también es bonita.

—¿Charles también lo piensa? —preguntó Janet.

—¿Charles? No se me ocurrió preguntarle. ¡Dios, niñas! —añadió la señora Hopkinson tras una pausa—. ¿Queréis decir que el pobre Willis volverá a alzar la cabeza tras su triste pérdida? ¿Que, en algún momento, pensará en una segunda esposa? Desde luego, no tengo derecho a decir nada; solo hacía dos años que era viuda cuando me casé con vuestro padre pero, en aquel momento, yo era joven y alegre y, entre nosotras, niñas, mi pobre primer marido no era un hombre cuya pérdida fuera a lamentarme durante mucho tiempo. Bueno, todos tenemos nuestros defectos y, desde luego, él tenía muchos. Por algún motivo, yo no era muy feliz con él, aunque eso es algo con lo que estoy en paz y, tal vez, sus intenciones fuesen buenas.

Si había sido así, había fallado de forma estrepitosa en mostrar sus intenciones, pues había tratado de forma brutal a su joven esposa y, puesto que no había razones para creer que la caída del tándem que había acabado con su vida disoluta hubiese sido un acto voluntario o que significase de algún modo algún tipo de atención o penitencia, la señora Hopkinson estaba siendo muy benévola al pensar, aunque de un modo limitado, que sus acciones estuvieran guiadas por las buenas intenciones.

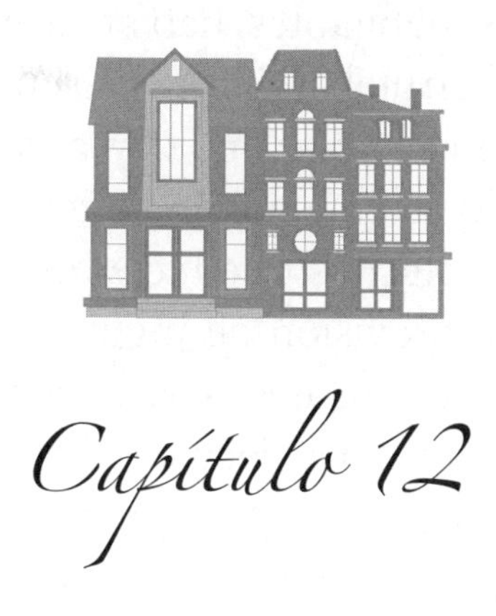

Capítulo 12

En Dulham iban a celebrar una fiesta escolar. Aquello era una innovación moderna que podía generar cierta felicidad y que, en todo caso, estaba planificada con toda la buena intención de aquellos que proveían el té, los bollos, el barco de vapor y los carromatos. Sin embargo, creo que, más allá del hecho de que no suenan de un modo demasiado musical, siempre hay algo sospechoso en los pequeños «hurra» que, durante todo el día, gritan a intervalos los asistentes más jóvenes. Tal vez no sea así, pero a veces parece que los cinco o seis caballeros caritativos con abrigo oscuro y las cinco o seis mujeres vestidas de negro igualmente caritativas que dirigen la festividad son los que ordenan que haya vítores y alegría y que esos «hurra» no son más que «saludos obligados». Aunque decir algo así es ser muy crítico.

No fue necesario llevar a los niños de Dulham en procesión hasta un lugar donde preparasen el té, pues el señor Greydon había solicitado utilizar el jardín de Pleasance y sus habitantes habían aceptado de buen grado, ya que disfrutaban al ver y escuchar a los niños divertirse y, además, no se oponían a los «hurra». La tía Sarah ponía todo su empeño en aquellas ocasiones, por lo que contó cuentecitos que hicieron reír a los niños y llevó una buena provisión de juguetes y golosinas que escondieron en los lugares más ingeniosos: en arbustos espesos, en carretillas llenas de hojas, en la cuna de Charlie y, en el caso de un gran premio, en la cesta de la labor de la propia tía Sarah. La señora Hopkinson, que consideró que, en aquella ocasión, no estaría fuera de lugar, resultó ser una ayuda inestimable. Conocía a la mayoría de los niños desde que habían nacido y sabía de cada uno de ellos qué enfermedades habían tenido, qué talante, qué ropa vestían, con qué sombreros se tocaban y cuántos hermanos tenían, además de si eran chicos o chicas. Eso hacía que les resultase conocida, por lo que no podía cruzar el jardín sin que media docena de ellos se le colgase de las faldas. Algunas de las jovencitas de la parroquia asistieron en función de maestras de escuela y el señor Greydon, que había llevado consigo a varios de sus ayudantes, se mostraba muy activo mientras organizaba carreras, volaba cometas y cortaba el pan y la mantequilla en rebanadas de un grosor asombroso. Janet pensó que nunca se había dividido tan bien una hogaza de pan. Incluso la señorita Justine fue condescendiente: pensaba que aquella fiesta de pueblo era muy interesante y sacó las manos de los bolsillos de su omnipresente delantal para ayudar a preparar el té. Además, Baxter se dignó a cargar con uno de los bancos que habían enviado desde la escuela a través de medio jardín.

Cuando las festividades estaban en su punto álgido, se paralizaron de pronto por la aparición de la barcaza del alcalde que surcaba el río majestuosamente con las banderas desplegadas y una banda tocando. Ya fuera por la atracción del grupo de niños que había en Pleasance o por el impulso natural, característico de los barcos, de atascarse en el barro, se paró justo enfrente de la casa. Los niños se reunieron junto a la orilla y saludaron con vítores espontáneos. Rose y Janet, que los siguieron para evitar que cayesen al río en masa, se encontraron con Willis moviéndose de forma majestuosa y triste a través del laberinto que supone una cuadrilla. Se quedaron mudas por la sorpresa; si el Monumento al Gran Incendio de Londres les hubiese hecho de pronto una reverencia o si la campana de San Pablo hubiese hecho un comentario frívolo en un inglés perfecto, no les hubiese parecido menos natural que Willis bailando con una chica hermosa que iba ataviada con un sombrero diminuto y el más amarillo de los vestidos.

—Lleva guantes grises y no se ha puesto la cinta de crepé en el sombrero —comentó Rose—. Debe de estar a punto de hacer una proposición de matrimonio.

Fueron a buscar a su madre para que contemplase aquella visión insólita y, cuando Willis llegó al final triunfal del *grand rond* e hizo una rígida reverencia ante la señorita Monteneros, se encontró frente a frente con su suegra y sus cuñadas y sintió que el poder de su melancolía y el encanto de su miseria habían muerto para siempre; después de aquel último *chassé*, por muy rígido que le hubiese salido, no podía volver a adoptar el papel del doliente postrado.

En la orilla había habido sorpresas, pero también las hubo a bordo. La baronesa, que cumplía con su papel de anfitriona desbordante de majestuosidad y fingía ser Cleopatra, aunque sin el Nilo, de pronto despertó de aquella actitud tan efectiva y se dirigió a Willis.

—¿Quién es aquella que está apoyada en el brazo de la señora Hopkinson? —preguntó con voz agitada.

—*Lady* Sarah Mortimer, señora.

—¿Y el caballero que está ofreciendo unas sillas a sus cuñadas? De hecho, son dos caballeros.

—Uno es el coronel Hilton, que va a casarse con la señorita Grenville, y el otro creo que es el hermano de ella.

—¡Caramba! Sí que son unas muchachas despreocupadas, hablando y riéndose con esos jóvenes como si los conocieran de toda la vida. Para ellas, esta fiesta escolar ha sido una gran forma de presentarse —dijo la baronesa con rencor—. Creo que, en estos tiempos, prestar atención a los pobres es una buena especulación. —Los Sampson siempre estaban especulando.

—Las señoritas Hopkinson son muy estimadas en Pleasance —dijo Willis con frialdad—. *Lady* Chester las invita a visitarla de continuo.

—¡Cielo santo! Ojalá lo hubiese sabido antes —comentó la baronesa—. No tenía ni idea de que se movían en nuestro círculo; de lo contrario, hubiese escrito la nota que les he mandado esta mañana de otro modo.

En realidad, en un ataque de extrema impertinencia, les había escrito para decirles que el día 16 celebraría un desayuno con baile y que, si la señora y las señoritas Hopkinson deseaban contemplarlo, tendrían muy buena vista desde las ventanas superiores.

—Querido Willis, explíqueles que no sabía que les gustaría unirse a mi pequeña *fête*, pero que estaré encantada de recibirlas como invitadas. Sería muy gratificante si entre *lady* Chester y yo presentásemos a las muchachas en sociedad, así que cuénteles que las recibiré como invitadas. De hecho, les enviaré la invitación habitual. —Parecía pensar que, tras aquello, no podrían esperar nada más de la vida.

—Puede hacer lo que le plazca —replicó Willis de forma rígida. Cada minuto que pasaba, los Sampson perdían un poco más de su estima—, pero sé que no podrán asistir el día 16. Ese día están invitadas a un concierto diurno en casa de la duquesa de Saint Maur.

—¿En Saint Maur House? Seguro que se trata de un concierto para recaudar fondos. Ahora lamento haber elegido el día 16 para mi *fête*. Me hubiese complacido comprar entradas y me sentiré muy angustiada si mi reunión interfiere con las intenciones caritativas de la duquesa; he sido muy desconsiderada al escoger su día. Es muy amable por su parte prestar Saint Maur House para la causa. No entiendo por qué ella y yo nunca nos hemos hecho una visita, pero así ha sido. Si hubiese asistido, me hubiese gustado tener la oportunidad de llevar a sus hermanas, Willis.

Willis comenzaba a ver con espantosa claridad lo que la señora Hopkinson había llamado «los pretextos de los Sampson» y sintió tanto placer como su naturaleza le permitía sentir al desbaratarlos.

—Les acompañará *lady* Sarah Mortimer. Además, no es un concierto para recaudar fondos, solo una de las *fêtes* diurnas de la duquesa. Creo que la invitación decía que comenzaba a las tres.

¡Una invitación! ¡Una fiesta privada! ¡*Lady* Sarah como carabina! La baronesa se había quedado muda de asombro e irritación por el trato tan erróneo que había dispensado a las Hopkinson. Rachel parecía divertida y, contemplando a los grupos que había en el jardín a través de sus anteojos, observó que el pícnic parecía estar siendo un éxito. Aquello hizo que la baronesa recobrase el sentido en cuanto a sus obligaciones como anfitriona. Envió a varios jóvenes con mensajes imperativos para los remeros de casacas rojas y, al fin, obligaron a la barcaza a continuar su viaje con lentitud. Por supuesto, la banda estaba tocando *Partant pour la Syrie*,[29] un lugar del planeta que la barcaza del alcalde jamás podría alcanzar.

—Tía —dijo Blanche, que se había retirado a la tranquilidad de su propia habitación con la tía Sarah—, ¿no cree que me estoy comportando muy bien y que estoy mejorando en el hábito de controlarme? No habrá podido notar ningún signo de preocupación, pero soy muy infeliz. La última carta de Arthur no fue muy amable, ¿verdad?

—La escribió tras el malentendido causado por la carta de su padre y seguro que, veinticuatro horas después, cuando recibiese la noticia del matrimonio de Aileen, se sintió mucho más desdichado que tú, querida,

[29] N. de la Ed.: Canción patriótica francesa escrita por Hortense de Beauharnais (música) y letras de Alexander de la Borde en 1807.

por haber sido injusto contigo. Aun así, admito que has sobrellevado esta injusticia de una forma maravillosa y que mi Blanche realmente ha mejorado en el arte del autocontrol. También he estado pensando, hija mía, que quizá pronto saques algo bueno de tu pesar. Arthur estará tan asustado de que te hayas preocupado y tan avergonzado de su irascibilidad, que no me sorprendería para nada que hubiese partido al instante para volver a casa.

—¿De verdad lo cree? Pero, en tal caso, ese malvado señor Armistead que, claramente, es un hombre de pocos principios que no se preocupa por su esposa, jamás dejará que Arthur se salte el viaje a Praga ahora que ha conseguido que se lo prometa. Pensará que es muy divertido que Arthur y yo nos separemos porque él y su esposa no se ponen de acuerdo.

—Hace años que conozco a los Armistead —comentó la tía en voz baja—. Algunos piensan que él es demasiado proselitista, pero eso no es asunto nuestro; lleva a cabo de forma discreta bastantes buenas obras y hace muy feliz a su atolondrada mujercita, que tampoco hace nada con mala intención. El otro día me contó, con lágrimas en los ojos, que nunca había sabido lo que era la bondad hasta que se había casado con el señor Armistead. Ya ves cómo son las cosas en su hogar. Así que, como iba diciendo —prosiguió la anciana sin alzar la vista de su labor—, espero que en poco tiempo Arthur esté aquí. Quizá mañana.

—¡Ay, tía! —exclamó Blanche mientras le ponía los brazos alrededor del cuello—. Seguro que sabe más de lo que me está contando. Ha recibido noticias suyas y por eso sabe que está en camino. Tal vez ya esté aquí. —Comenzó a levantarse como si fuese a encontrarse con él.

—Mi queridísima niña —dijo *lady* Sarah, sujetándola por el brazo—, ¿puedes ser un poco más razonable y, ante todo, sentarte tranquilamente en el sofá? No he recibido noticias de Arthur pero, justo antes de venir aquí, la señora Armistead entró en mi habitación haciendo cabriolas y me dijo que estaba furiosa con lord Chester, ya que había logrado que el pobre y querido Armistead cancelase el viaje a Praga, y que era muy probable que volviesen juntos a casa. La muy tonta fingía estar desesperada porque su plan de ir sola a Brighton se había cancelado pero, dado que bailaba, reía, cantaba fragmentos de canciones en francés y estaba exultante, imagino que no lamenta demasiado que su marido vuelva a casa de nuevo. No pretendía contarte esto, pues pensaba que preferirías descubrirlo en la carta de Arthur de mañana, pero ahora ya sabes todo lo que yo sé. Por supuesto, a la señora Armistead se le había olvidado mirar la fecha de la carta.

—¿A quién le importan las fechas? Ahora estoy feliz. Llegarán pronto. «Pronto» es una palabra preciosa y, en cuanto a la carta de Arthur, supongo que debería sentirme halagada por sus celos, pero pretendo mostrarme muy digna al principio, tía.

—Muy bien, querida, ya veremos.

—De verdad que, por principios, debo hacerlo. No es adecuado dejar que Arthur desarrolle el hábito de la desconfianza. ¡Y pensar que dijo que iría a Praga cuando nunca tuvo verdadera intención de hacerlo!

—Ese viaje hubiese coincidido con el tuyo a Berlín, querida. Pero, espera, escucha esa canción. Qué bien controlan las voces esas niñas.

Todos los niños del colegio estaban tomando el té, demasiado ocupados con los bollos y las magdalenas como para hacer ningún ruido, así que el señor Greydon, que parecía eufórico por el trabajo de aquel día, le sugirió a Janet que sería una buena oportunidad para otorgarle el placer de escucharla cantar, tal como le había prometido la duquesa. Si le hubiese propuesto hacer una carrera de vallas a caballo, también lo hubiese intentado, así que Rose y ella interpretaron una canción en eco. Una de las hermanas se escondió y repetía en la distancia las notas de la otra. El efecto era perfecto. Incluso el coronel Hilton y Aileen, que se habían apartado del mundo infantil a un lugar solitario donde poder hablar entre ellos sobre su relación sin interrupciones, abandonaron su retiro y se acercaron a la ventana en la que habían colocado el sofá de Blanche. Las largas sombras del atardecer comenzaron a dibujar formas sobre la hierba brillante. El río tranquilo, «como un vasto lienzo de oro»,[30] reflejaba con una claridad ininterrumpida las pintorescas barcazas que pasaban flotando con indolencia y los barcos recreativos de colores brillantes que detenían sus remos veloces al escuchar la música del jardín. El aire veraniego, colmado del perfume de las magnolias, soplaba con suavidad entre toda aquella belleza. Era una escena que hubiese podido convertir al panfletista francés

[30] N. de la Trad.: Cita del poema *La dama del lago* (1810) de *Sir* Walter Scott.

Timón[31] en un filántropo. En aquel momento, incluso los barqueros se abstuvieron del hilo de groserías que parecía ser su idea de conversación y si, aun así, soltaban algún juramento, lo hacían débilmente y con benevolencia. La tía Sarah detuvo sus agujas de tejer y, mientras las últimas notas de la canción se perdían en el aire, Blanche soltó un suspiro profundo.

—Eso ha sido muy bonito —dijo—. Tan solo desearía que Arthur hubiese podido escucharlo.

—Lo he escuchado —dijo una voz alegre desde la puerta. Blanche se dio la vuelta rápidamente y vio cumplido su deseo.

Se oyeron unos pasos rápidos, un grito y, después, el sonido reconfortante de las expresiones de cariño en las que se mezclaban los «cariño» con los «queridísima mía». La tía Sarah huyó de forma precipitada, incluso dejando atrás su labor, y, en la retirada, no la asaltó ningún temor de que los pecados de Arthur fuesen a ser enfrentados con ninguna cantidad indebida de digna frialdad.

[31] N. de la Trad.: Timón era el pseudónimo con el que el jurista y político francés Louis Marie de la Haye (1788-1868) escribía sus panfletos.

Capítulo 13

El pícnic de los Sampson no terminó con un giro *coup de théâtre*[32] pero, en general, se puede decir que fue un éxito. No llovió, no se estropeó ningún sombrero, las jovencitas pasaron todo el tiempo bailando en la cubierta y los ancianos caballeros comiendo en el interior, la baronesa fue tratada como la gran dama de la fiesta y, como guinda del pastel, Willis y la señorita Monteneros pasaron mucho tiempo juntos. Además, dada la taciturnidad usual de él y el hábito de hacer burlas desdeñosas de ella, la baronesa se sorprendió al ver que, ocasionalmente, se sumían en una conversación profunda y entusiasta. Pensó que era un buen augurio y, a la mañana siguiente, buscó la ocasión de comentarle a su sobrina que Willis mejoraba mucho con el trato y que, además, era un auténtico caballero. A eso, la señorita Monteneros ofreció

[32] N. de la Ed.: Giro espectacular de los acontecimientos.

la respuesta shakesperiana de que «el mundo no ha sido feliz desde que llegó el hombre»[33] y añadió que pensaba que la alegría general del mundo no aumentaría gracias a ese hombre en particular.

—En cualquier caso —dijo la baronesa con una sonrisa dulce un poco forzada—, debo decir que, al menos en una cosa, tiene buen gusto. Me gustaría mostrar cierta cortesía a sus parientes, Rachel, pero debido a uno o dos pequeños contratiempos, pequeños errores que he cometido a causa de mi forma de ser atolondrada, no sé muy bien qué hacer.

—O deshacer —señaló Rachel—, ya que su reunión con la señora Hopkinson y la nota que les mandó después de eso son hechos; pero, tía, dado que usted no quiere tener a las Hopkinson en sus fiestas y ellas no quieren venir, ¿por qué no se olvida del asunto?

—Por muchas razones —replicó la baronesa, malhumorada—. Sería una gran ventaja para esas pobres niñas aparecer en mis fiestas y me gusta llevar a cabo buenas acciones. —Rachel alzó sus anteojos y contempló a su tía detenidamente, como si intentara encontrar en ella un carácter nuevo—. Además, si de verdad cantan bien, podrían serme de mucha utilidad. —Rachel dejó caer las lentes una vez más ya que, como acababa de mostrar en ese instante, no había nada nuevo en la baronesa—. Si la duquesa y *lady* Chester tienen relación con las Hopkinson, no hay nada de malo en que yo haga lo mismo.

—Nada en absoluto —dijo Rachel con rotundidad—, incluso sin tener en cuenta a la duquesa y a *lady* Chester.

[33] N. de la Trad.: Cita del acto IV de *Enrique VI* (1591) de Shakespeare.

—Muy cierto, Rachel. Por supuesto, con mi posición, puedo escoger mi propia compañía. Sería muy bueno para esas niñas poder tener *entrée*[34] en mi casa y si, por medio de ellas, me veo envuelta en una relación con esas amistades o esas patrocinadoras tan refinadas que tienen, para mí no supondría ningún problema tener que aumentar mi lista de visitas. A los Chester los considero vecinos, así que debería invitarles, y no me importaría preguntarle a la duquesa si…

—Ella también aceptaría —dijo Rachel—. Pero comencemos por el principio, ¿cómo va a ganarse el favor de las Hopkinson? ¿Qué pretende hacer?

—¡Claro que sí! Ganarme su favor cuando soy yo la que va a ofrecerles el mayor de los civismos posibles. ¿Quiénes son ellas? La mujer y las hijas de un capitán de la Compañía de las Indias Orientales que, de algún modo, han conseguido trepar en la sociedad y alejarse del lugar que les corresponde. Sin embargo, el barón oyó ayer que el capitán Hopkinson ha amasado una gran suma de dinero gracias al comercio con China y, si regresa a casa sano y salvo (yo, por mi parte, siempre pienso que todos los barcos van a naufragar), el barón quiere conocerle.

Rachel parecía ausente y murmuró para sí misma:

—«Si uno ha de ser la presa, ¿acaso es mejor caer ante el león que ante el lobo?».[35] Tía, como usted señala, creo que pienso demasiado en Shakespeare y siempre estoy citándole sin ton ni son.

[34] N. de la Ed.: Que entraran.

[35] N. de la Trad.: Cita del acto III de *Noche de Reyes* (1601) de Shakespeare.

—Así es—contestó la baronesa con aspereza—. Sin embargo, yo misma adoro a Shakespeare y tan solo desearía tener tiempo para leerlo. En una ocasión fui a ver *Educar en el escándalo.*[36], pero *revenons à nos moutons.*[37] Estaba pensando que, quizá, tú podrías ir a visitar a las Hopkinson, invitarlas a nuestra comida del día 23 y decirles que mi lista para el día 16 está llena. Eso solucionaría las cosas.

—No —contestó Rachel—. No las conozco, no deseo traerlas a esta casa y preferiría no tener que ir a visitarlas.

—¡Muy bien, como quieras! Además, dadas las circunstancias, quizá sea mejor que vaya yo. Pide que preparen el carruaje. —Dicho esto, la baronesa se marchó. Estaba un poco avergonzada de sí misma pero, aun así, creía que estaba otorgando a las Hopkinson un gran honor.

Su llegada interrumpió a un joven muy guapo que se había sentado para hablar con la señora Hopkinson y que, a juzgar por las risas que oyó la baronesa desde las escaleras, estaba resultando muy agradable. En cuanto fue anunciada, él se levantó de inmediato y dijo que no podía quedarse ni un minuto más ya que, al ser el primer día tras su regreso, tenía muchas obligaciones domésticas.

—Pero no podía retrasar mi visita para agradecerles las atenciones que le han prestado a mi esposa. Además,

[36] N. de la Trad.: Esta comedia costumbrista, titulada *School for scandal* (1777) en inglés, es, en realidad, de Richard Brinsley Sheridan, dramaturgo muy posterior a Shakespeare.

[37] N. de la Ed.: Volvamos a lo nuestro.

me gustaría saber cuándo llegará a casa mi amigo Hopkinson. ¡Criticaba mucho al pobre y viejo *Alert*, pero el *Alacrity* parece ser un barco muy lento!

—No debe hablar así del *Alacrity*. John dice que este ha sido el mejor viaje que ha hecho nunca y que ahora es tan rico que puede que compre una casa en algún lugar cerca de Portsmouth o Plymouth para que nos establezcamos definitivamente en una casa de campo. Pero, bendito sea, hasta que no haya una inundación seca y el mundo sea todo tierra sin nada de agua —añadió la señora Hopkinson, explicando aquella nueva invención suya—, John jamás será feliz si permanece en la orilla.

—John sería feliz en cualquier lugar siempre que estuviese con las personas que con irreverencia menciona diez veces al día cuando está en altamar, es decir, su señora y sus hijas. Y ahora, debo desearle buenos días a la señora y pedirles a las niñas que respondan a la invitación que han recibido o mi querida esposa pensará que he olvidado entregar su nota. —Con un nuevo arranque de júbilo, lord Chester se marchó.

Una vez más, la baronesa se sintió sorprendida y se preguntó quién era aquel joven de aspecto distinguido que tenía tan buen trato con la familia y, más que nunca, sintió la apremiante necesidad de mejorar su relación con las Hopkinson. Admiró la habitación, contempló sus labores y preguntó por la fiesta escolar.

—El nuestro fue un gran acontecimiento. Y, por cierto, me hubiese gustado que estuviesen con nosotros. Disfrutamos de un pícnic encantador y regañé al pilluelo de Willis por no haberlas invitado. Es cierto que debería haberlo hecho yo misma pero, por algún motivo, ya que siempre están muy serias, se me metió en la cabeza que estaban de luto. —En aquel momento, aquello era un hecho sin ninguna duda, ya que Janet y Rose permanecían congeladas con un gesto de dignidad—. Pensé que se opondrían a nuestros divertimentos frívolos, pero me ha alegrado saber gracias a Willis que sí que asisten a fiestas. Les he traído una invitación para mi *déjeunner* del día 16.

—Gracias —dijo la señora Hopkinson—, aunque mis niñas ya tienen un compromiso.

—¡Oh, criaturas disolutas! —La baronesa echó un vistazo al espejo, donde no había expuesta ninguna invitación, por lo que comenzó a albergar dudas sobre el concierto de Saint Maur House—. Si es un compromiso para cenar, pueden venir a mi casa por la mañana. —Las niñas estaban decididas a no satisfacer su curiosidad, por lo que se limitaron a decir que estaban ocupadas todo el día—. Espero ser más afortunada el día 23. Les dejaré una invitación de recordatorio y, dado que las jovencitas siempre tienen en mente a algún joven caballero con el que quieren tener un detalle amable, dejaré un par de invitaciones más. Soy muy discreta, así que no mencionaré ninguno de los nombres que puede que deseen incluir pero, cuando veo a un joven encantador sentado con dos jovencitas también encantadoras, sé lo que debo pensar. Ahora debo marcharme, mi querida Rachel me echará en falta. Espero que el capitán Hopkinson regrese pronto; el barón ha oído hablar mucho de él y se asegurará de venir a visitarlo de inmediato. *Adieu, au revoir,* nos vemos el día 23.

—Gracias —dijo una vez más la señora Hopkinson, aunque sin confirmar si aceptaba la invitación.

Cuando la baronesa estuvo de nuevo sentada en su carruaje, tuvo la desagradable sensación de que la «pobre, querida y vulgar señora Hop», tal como solía llamarla, en su simpleza y sencillez, despreciaba cualquier cumplido que le hubieran hecho con habilidad y de que, de algún modo, si era posible admitir un pensamiento tan monstruoso, la menospreciaba a ella, la baronesa Sampson de la plaza Lowndes y Marble Hall. Se alegró de que Rachel no hubiese estado presente.

Cuando llegó a casa, recibió una sorpresa desagradable con respecto a su sobrina, pues la encontró sentada con un hombre canoso y de aspecto astuto que estaba atando un manojo de pergaminos y despidiéndose, asegurándole a la señorita Monteneros que pronto tendría noticias suyas.

—¿Quién era ese, Rachel?

—El señor Bolland, mi abogado —contestó ella en tono despreocupado—. ¿Ha logrado que vengan las Hopkinson, tía Rebecca?

—Por supuesto, pero ¿qué es este nuevo capricho de tener un abogado?

—Como usted bien dice, un nuevo capricho. Al echar un vistazo a mi fortuna, me he dado cuenta de que es desagradablemente cuantiosa y de que me daría muchos problemas si intentara encargarme de ella yo misma, así que la he puesto en manos del señor Bolland.

—Estoy segura de que a tu tío le hubiese encantado librarte de todos esos problemas —dijo la baronesa con la voz vacilante.

—Yo también estoy segura —contestó Rachel con firmeza. Observó a su tía y debió de sentirse conmovida por su palidez, ya que fue más gentil cuando añadió—: Mi tío tiene tantos asuntos entre manos que no quisiera molestarle con los míos y, de todos modos, los asuntos de dinero siempre es mejor tratarlos con desconocidos. Además —añadió, tratando de reír—, hay algo grandioso en cómo suena eso de tener un hombre de negocios. Las herederas siempre hablan de sus hombres de negocios como parte de su propiedad y, dado que usted siempre me recuerda que soy una gran heredera, bien tendré que poseer todas las distinciones adecuadas para la posición. Parece cansada, tía, ¿quiere tomar una taza de té?

—No, gracias, tengo dolor de cabeza. Iré a acostarme; tenemos compañía para cenar y debo descansar.

Cuando salió de la habitación, casi iba tambaleándose. A Rachel también le costaba mantenerse en pie. «Pobrecita —pensó para sí misma—, lo sabe todo. ¿Todo? ¡Ay, qué horribles son estas sospechas! ¿Por qué se me han colado en la cabeza y se han convertido casi en certezas? ¿Acaso el dinero vale toda la miseria y los problemas que genera? Esos especuladores de Paul, Strahan y Redpath[38] deben responder por más cosas que la ruina pecuniaria que han causado, pues han arruinado

[38] N. de la Trad: John Paul, William Strahan y Leopold Redpath fueron tres de los defraudadores más conocidos de la Inglaterra del siglo XIX.

la seguridad y la confianza; han logrado que la deshonestidad sea la norma y no la excepción. ¿Por qué tuvo que casarse mi tía con ese hombre frío y mojigato? Su mera apariencia hace que los pelos se me pongan de punta. Bueno, tengo que pensar que he hecho bien. El señor Bolland era amigo de mi padre y sus consejos son bienintencionados. Además, no solo se trata de salvarme a mí, sino a otras personas. De lo contrario, creo que preferiría despedirme de mi fortuna, ya que no vale la pena a cambio de semejante desdicha». Oyó el ruido de los caballos del barón en el patio y, dado que pocas veces entraba en su salita, su aparición inmediata aquella tarde la sorprendió. Parecía estresado y acalorado, pero la saludó con aquella cortesía servil que tanto le desagradaba.

—¿Está sola mi sobrina? Seguro que te estás tomando un tiempo para reflexionar con sabiduría. Eso está muy bien. Los hombres de negocios nunca tenemos tiempo para pensar, aunque confío en no desperdiciar las oportunidades que se me presentan. Mis momentos más felices son aquellos que paso en la biblioteca, donde puedo dejar de lado los problemas del día a día y olvidarme del mundo. ¿A quién se le ocurrió decir que el mundo es lo rutinario? Es una idea triste, aunque es así para la mayoría de los hombres. No nací para vivir en esta tormenta monetaria, me distrae. Por cierto, eso me recuerda que una de mis distracciones fue olvidarme de pedirte que me firmaras un papel que debería haberte entregado con los demás. No es más que una formalidad, aunque muy necesaria. Tal vez lo lleve encima. ¡Ah, sí, aquí está! —añadió, sacándolo de entre un manojo de folletos y cuentas de hospital—. Tiene que ser firmado ante testigos, así que avisaré a dos sirvientes.

—Espere, tío, deje que antes le eche un vistazo.

—Eso es, siempre debes leer un papel antes de firmarlo. Aunque no se sí mi moderna sobrina, la señorita Monteneros, sacará algo en claro tras haber leído un poder notarial. —Se lo entregó y, una vez más, tomó el cordón de la campanilla.

—No llame, tío, no puedo firmarlo hoy —dijo, guardándoselo en el bolsillo.

—Ah, ¿hoy no? Bueno, podemos hacerlo cualquier día, aunque me gustaría zanjar el asunto cuanto antes.

—Le prometí al señor Bolland que no firmaría nada hasta que él lo hubiese leído —dijo Rachel. Después, se volvió hacia la ventana para no ver la consternación que suponía que se apoderaría del barón.

—¡Ah! Bolland, el abogado —dijo él, tras una pausa, con su habitual voz anodina—. Es un hombre inteligente. Así que, ¿has hablado con él?

—Era muy buen amigo de mi padre —contestó Rachel rápidamente, todavía sin volverse—, y usted está siempre tan ocupado, tío, que he dejado todos mis asuntos en sus manos.

—¡Desde luego! Bien, es lo mejor que podrías haber hecho. —Su voz seguía sonando anodina—. En tal caso, ¿podrías devolverme el papel? Él puede ser uno de tus testigos cuando lo haya leído.

Rachel estaba tentada de quedárselo, pero suponía que, con independencia de lo que aquello significara para su tío, a ella no podía hacerle ningún daño si no estaba firmado, así que se lo devolvió. Él no parecía tener prisa por tomarlo y no dejaba de dar vueltas al resto de papeles que llevaba en el bolsillo. Sin embargo, por mucho que pareciera impasible, Rachel notó que le temblaban las manos.

—Aquí tiene el papel, tío.

—¿Qué papel, querida? Ay, te pido disculpas; me había olvidado por completo. Estaba ojeando un informe muy interesante sobre las misiones de la Iglesia en África Central, a las cuales tal vez quieras hacer alguna donación. Mira, aquí está. Han puesto mi nombre y mi donación en un lugar demasiado prominente; me hubiese gustado que me hubiesen incluido tan solo como un amigo, pero el comité le dio más peso a mi nombre del que merece. Así que le cambio un papel por otro. El intercambio no es un robo, señorita Rachel. —Dicho eso, salió de la habitación con cuidado y paso tranquilo.

«Ay, ¿cuál es la verdad y dónde encontrarla? —pensó Rachel—. ¿De verdad podría estar tan tranquilo si intentase robarme? No voy a pensar más en ello». Entonces, subió a cambiarse para una gran fiesta.

Capítulo 14

El regreso de Arthur infundió mucho ánimo a la vida de Pleasance. Había que celebrar fiestas e invitar a todos los parientes y amistades de apellido Hilton y, además, se esperaba que familias enteras de los Grenville y los Chesterton hubiesen adquirido de pronto los sentimientos más tiernos de amistad hacia todos los Hilton y Saint Maur que hubiesen existido jamás. El señor Leigh, que era tío y guardián, fue invitado para hablar sobre los planes de boda y para encontrar dificultades que, tan pronto como llevaban al coronel Hilton y a Aileen a sumirse en la desesperación, se revelaban como problemas falsos y desaparecían. Era tan estricto con el asunto tan habitualmente molesto de la asignación monetaria que el coronel Hilton, que hubiese permitido que Aileen se gastase la mitad o la totalidad de su fortuna si así lo deseaba, acabó diciendo que no veía por qué iba a necesitar una asignación monetaria, ya que podía pedirle a él todo el dinero que quisiera. Sin embargo, acabó interviniendo el buen juicio de la tía Sarah, que creía que lo mejor era que una joven casada tuviese unos ingresos fijos con independencia de que se los llamase asignación o paga puesto que, así, sabían lo que debían gastar y todas sus obras de caridad o cualquier regalo que deseasen hacer serían fruto de su propio altruismo. Además, insinuó que, tras un determinado tiempo de casados, incluso el marido más devoto y generoso pondría pegas a las facturas del sombrerero y acabaría poseído por la idea descabellada de que su mujer era extravagante y que siempre le estaba pidiendo dinero. Aunque el coronel Hilton dijo que era imposible que llegase a ser así de bruto, pensó que el consejo de la tía Sarah era sensato y le ofreció una cantidad de dinero mucho más grande de la que había pedido el tío Leigh solo para que el hombre comprobase lo que era capaz de hacer si no le intimidaban. Además, pensó que, dado que habían herido tanto los sentimientos de Aileen como los suyos, era necesario ir de inmediato a Hancock a reservar un collar de diamantes que estaba a punto de ser «enviado a la emperatriz Eugenia[39] para que dé su aprobación», siendo aquella la expresión favorita del momento en el mundo de las ventas.

Lord Chesterton les visitaba para hablar de las políticas prusianas más misteriosas e intensas. Además, intentaba dar un aire de modestia y dignidad a todo el asunto amoroso que estaba ocurriendo en la casa. Al principio, intentó seguir a los novios en sus paseos

[39] N. de la Ed.: Eugenia de Montijo (1826-1920), emperatriz de Francia por su matrimonio con Napoleón III.

campestres, pero él mismo se dio cuenta de que era demasiado y abandonó tal ocupación con la observación de que la forma de actuar de aquel entonces se caracterizaba por una libertad que le sorprendía. A él nunca le habían permitido mantener un *tête-à-tête* con *lady* Chesterton hasta después de haberse casado pero, desde luego, si *lady* Sarah no ponía ninguna pega, suponía que no había nada de indecente en todo aquello por mucho que afectase a sus ideas anticuadas. *Sir* William y *lady* Eleanor de Vescie fueron unos días a visitar a su hermano aunque, tal como observó *sir* William, resultó ser un momento caro para hacer una visita, ya que se esperaba de ellos que le hicieran algún regalo a Aileen. Por consiguiente, le regaló una panera de madera tallada que había resultado barata porque sabía que acabarían devolviéndola y, dado que solo ganaba treinta mil libras al año, aquel era un regalo espléndido para él.

Había barcos paseando por el río, y Edwin y sus amigos a menudo llegaban remando hasta Pleasance. Había que agasajar a muchos prusianos ilustres, todos ellos amigos nuevos de Arthur que, en general, mostraban un *faux air*[40] de militares ingleses. Las señoritas Hopkinson recibían invitaciones para muchas de estas fiestas, no por el talento musical que tenían, si no para que pudiesen divertirse, y eran tan espontáneas y alegres que se convirtieron en las favoritas de la mayoría. En una ocasión, celebraron una gran fiesta de música *amateur* y, al acabar, Edwin le contó a sus

[40] N. de la Ed.: Se comportaban como militares ingleses, aunque en realidad no lo eran.

hermanas que creía que Harcourt estaba embelesado con Rose y que, como él era un buen tipo que nunca había conocido a sus padres, podía casarse con quien quisiera y una voz preciosa de contralto como aquella podría conquistarlo cualquier día. El señor Greydon, que había sido amigo de Arthur durante su época universitaria, era un invitado constante, por lo que él y Janet pudieron conocerse mejor. Sin embargo, hizo falta un gran apego y una disposición entusiasta por parte de ella para poder extraer de sus encuentros la enorme gratificación que encontraba en ellos. A pesar de todo, siguió convenciéndose a sí misma de que a él le gustaba y de que lo mostraría de forma más abierta cuando pudiese ganarse la vida; mientras tanto, era del todo feliz si él le tendía la mano para subir a un barco o le ayudaba a ponerse el chal. De hecho, hubo un día dichoso en el que él se dio cuenta de que se había olvidado el parasol y regresó a la casa para buscarlo. Aquel parasol no volvió a ver la luz del día nunca más: Janet lo colocó en su vitrina favorita cubierto de lavanda y compró uno peor para utilizarlo de forma habitual.

Las «fiestas rivales» del día 16, tal como las llamaba siempre la baronesa, salieron bien. Un enemigo, suponiendo que fuese posible que la baronesa Sampson tuviese alguno, quizá hubiese dicho que la concurrencia de Marble Hall parecía el rescate de una de las tribus de Israel pero, entre ellos, había algunos nombres conocidos: condes y marqueses extranjeros, así como varios miembros del Parlamento con políticas radicales y modales toscos que, valientemente, habían votado a favor de eliminar las restricciones judías.[41] Es dudoso que supieran lo que eran las restricciones o cuál sería el resultado de eliminarlas pero, por algún motivo, tenían la impresión de que estaban votando contra caballeros, arzobispos, la Iglesia y el Estado, y se sentían orgullosos de sí mismos. También estaban sus esposas e hijas que, sin duda, no resultaban bonitas. Había algunas damas de títulos grandilocuentes que, o bien habían ascendido en la jerarquía, o bien habían vuelto a caer. Sin embargo, la mayor parte del grupo era, en definitiva, de segunda categoría.

El banquete fue magnífico. Había platos, vinos y porcelana de la mejor calidad. Resultaba evidente que el dinero no era un problema para el barón ya que, como él mismo aseguraba, no le otorgaba ningún placer. Decía que la baronesa tenía un gusto femenino por la porcelana de Sèvres o, tal vez, la de Dresde; él era incapaz de distinguir la una de la otra, pero ella se complacía con aquellas preocupaciones insignificantes. Admitía que pensaba que los platos mantenían la cena caliente y que, si sus amigos eran lo bastante amables como para ir a visitarle, lamentaría que encontrasen la cena medio fría e imposible de comer. Sentía que, dentro de sus posibilidades, debía apoyar a Sèvres y Dresde, ya que eran fabricantes del país pero, para él mismo, una chuleta de cordero servida en un plato blanco normal era más que suficiente.

La baronesa estaba de muy buen humor, lamentando en voz alta que la duquesa de Saint Maur le hubiese

[41] N. de la Trad.: Se trata de una serie de limitaciones, restricciones y obligaciones legales que, durante la Edad Media, se impuso a los judíos de toda Europa y que en Reino Unido se eliminaron en 1858.

arrebatado a tantos de sus invitados, pero, aparentemente, aquella circunstancia le había dejado una mayor cantidad de desdén para repartir entre los demás. La señorita Monteneros parecía sufrir bien de un resfriado, bien de las atenciones insistentes del barón Moses, y estaba más distraída y lánguida que de costumbre. Willis no llegó hasta tan bien entrada la tarde que el barón estaba bastante preocupado por su amigo. Esperaba que no hubiese habido ningún error con la invitación (aunque la baronesa le aseguró que no), confiaba en que la pequeña Rachel no hubiese sido cruel con su admirador (cosa que solo recibió un ceño fruncido por respuesta) y, al final, preguntó si era posible que hubiese asistido a aquella gran fiesta de Londres, lo que hizo que el barón Moses comenzase a convulsionar.

—Querido señor, abandonad esas conjeturas ingeniosas o será la causa de la muerte de su único hijo. Jacques el melancólico[42] en los *salons dorés* de Saint Maur House. Figúrese a ese doliente en jefe *promenant ses ennuis*[43] entre toda esa gente guapa y despreocupada.

—¿Acaso sería un problema para usted, Moses, hablar bien en inglés o bien en francés? —dijo Rachel—. La combinación de ambos, siendo que ninguno de ellos se le da muy bien, dificulta la comprensión de lo que quiere decir; al menos, para mi limitada capacidad. Además, no entiendo por qué debería estar el señor Willis más fuera de lugar en un concierto que en un banquete.

[42] N. de la Trad.: Jaques el melancólico es uno de los personajes principales de la obra cómica *Como gustéis* (1599) de Shakespeare.

[43] N. de la Ed.: Paseando sus problemas.

—Bueno, esto es algo *à faire dresser les cheveaux*.[44] La hermosa y dotada señorita Monteneros mostrando su interés en el misterioso y gélido señor Willis. Rachel, perdona mis sentimientos, *je suis jaloux comme un tigre*.[45]

—También tienes los modales de un tigre —contestó ella, como si tal cosa, mientras se daba la vuelta y tomaba del brazo a una de sus amigas de la escuela, varias de las cuales habían sido invitadas a la fiesta—. Vayamos a dar comienzo al baile. Estoy de tal humor que podría ponerme a bailar de desesperación, a cantar, a reír o a hacer cualquier cosa extravagante.

—Te está dando uno de tus arrebatos, querida —contestó su amiga—. Así es como los llamábamos en el colegio cuando empezabas a llorar justo después de hacernos reír con tu alegría.

Rachel respondió con los siguientes versos:

—Tengo un rostro sonriente —dijo ella.
—Y un chiste siempre dispuesto,
coronas de flores en la cabeza
de un color muy despierto
y dices que soy feliz —dijo ella.
—El dolor es la vida —dijo ella.[46]

Cuando comenzó el baile, apareció Willis, el desertor. En aquel momento, odiaba el mero sonido de la música; aquella desafortunada cuadrilla en la que le habían

[44] N. de la Ed.: Algo para tirarse de los pelos.

[45] N. de la Ed.: Muerto de celos.

[46] N. de la Trad.: Esta estrofa es una mezcla de varios versos del poema *La máscara* (1845) de la poetisa inglesa Elizabeth Barret Browning.

embaucado para participar a bordo de la barcaza no solo le había degradado de su posición alta y desconsolada en el mundo, sino que le había degradado a sus propios ojos. En lo más profundo de su alma sabía que había sido la fascinación por Rachel lo que le había conducido a semejante ligereza incongruente.

«Mary, mi querida sombra fugada», no solo hacía referencia al hecho de haberla sustituido, sino a que la sombra metafórica que había lanzado sobre él también parecía estar alejándose. Aquello no podía ser. Había pensado mucho en ello a lo largo de la semana. Rachel era hermosa y, quizá, rica, aunque esto último resultaba dudoso y, para ser justos, la riqueza no le influía. Ella había mostrado buen juicio y buenas intenciones con el consejo que, con cautela, le había dado el día de la fiesta en el agua cuando le había propuesto bailar para disfrazar sus intenciones mucho más serias. La información que le había proporcionado le dejó sorprendido, pues resultó ser una promesa de verdadero infortunio del que podría lamentarse en los años venideros. Al principio, la idea de buscar consuelo en su informadora cruzó su mente pero, tras haberle avisado de forma concienzuda y dolorosa sobre los peligros de mantener una amistad con su tío, ella volvió a actuar con su habitual altanería, lo cual no le gustaba. En una ocasión pensó en convertirse en un amante decepcionado, pues aquel papel ofrecía abundantes oportunidades positivas: muchos suspiros, la posibilidad de moralizar, un amplio espectro para despreciar a las mujeres y a la vida, y un buen filón para hacer negocios al estilo de un corazón roto. Sin embargo, todo aquello era habitual y estaba trillado hasta límites insospechados. Todo el mundo se había sentido decepcionado o se decepcionaría con el amor, y prácticamente nadie más que él aspiraba a estar abatido sin remedio y a ser desafortunado para siempre. Por lo tanto, sofocó cualquier leve cariño que pudiera sentir hacia Rachel, volvió a abrocharse el abrigo hasta el último botón, se puso un nuevo lazo de crepé en el sombrero, lanzó los guantes grises al fuego y, con los brazos cruzados y apoyado bajo un ciprés en el jardín de Marble Hall, Willis volvió a ser él mismo.

—¡Por Dios! —dijo la baronesa mientras se acercaba a él—. ¿Dónde ha estado todo el día? El banquete se ha terminado sin usted. El barón, a quien le gusta muchísimo ver a sus amigos disfrutando en su casa, estaba acusándome, ¡pobre de mí!, de haberme equivocado y no haberlo invitado. ¿Acaso sería eso posible? Soy un poco atolondrada, pero no tanto como para eso. El barón no podría celebrar una *fête* sin usted.

—Supongo que no —contestó Willis, con uno de esos gruñidos tan habituales en él que la baronesa no comprendía que tenían cierta intencionalidad—. El capitán Hopkinson ha llegado esta mañana de forma inesperada y eso me ha retenido.

—¡Oh! El buen capitán Hopkinson, ojalá le hubiese traído con usted. Entonces, supongo que sus hijas se perdieron el concierto —comentó la baronesa mientras sus ojos brillaban ante aquella idea.

—No, hacía media hora que se habían marchado. Siempre ocurre lo mismo, cualquier placer llega media hora tarde; ¡así es la vida!

—Ellas no pensarán que es demasiado tarde; ahora sus buenos amigos lo son todo —replicó la baronesa con malevolencia—. ¡Barón! —llamó a su marido, que pasaba por allí, sumido en una animada conversación con un caballero que parecía como si la Bolsa hubiese salido de recreo—. El suegro de nuestro amigo ha regresado. Le estaba reprochando que no lo hubiese traído aquí.

—Hubiese estado encantado de verle. Me han dicho que es un hombre excelente, que todas las mañanas reza por los marineros y que mantiene una moral muy estricta a bordo de sus barcos. Además, parece que la virtud tiene recompensa en esta vida, pues me han dicho que ha completado un viaje muy exitoso. Willis, debe presentármelo. Podría ofrecernos información muy útil con respecto a nuestro negocio del ferrocarril chino —añadió, volviéndose hacia su amigo.

—No hablemos de negocios ahora, por favor —dijo la baronesa, que vio cómo una nueva capa de tristeza se apoderaba del rostro de Willis—, ya sabes que nunca lo permito. Venga, Willis, vamos a buscarle una pareja.

—No, nada de bailar. Me trastornó bastante el esfuerzo que hice bailando la semana pasada. Vaya a buscar a alguno de sus amigos más alegres, baronesa, y déjeme aquí para observar y envidiar a los felices.

—Nada de eso. Está sonando una música encantadora en el comedor; eso le divertirá, mi querido amigo. —Con aquellas palabras, arrastró a su víctima a escuchar una canción cómica.

Si hay algo capaz de propiciar el desánimo por encima de todas las cosas, son las canciones cómicas, una invención deprimente. Tan solo leer los títulos (*Soy una chica feliz que se ríe* o *Yo también tengo diecisiete, mamá*), especialmente antes de desayunar, produce tal cantidad de náuseas que afectan a la salud durante todo el día. El obsequio que la baronesa le ofrecía a Willis era escuchar a una joven de bronceado prodigioso, altos pómulos y nariz respingona cantando con suma coquetería las siguientes palabras:

Puedo bailar y coquetear,
La escuela acabé ya, señor.
Mi padre dice que soy vivaz,
ligera voy y ligera soy.
Las chicas queremos danzar,
pero el hombre es un bribón
y me vuelve a rechazar
por no ser tan facilón.
Bebo vino y puedo fumar
mi baile es una explosión,
como un pez puedo nadar,
ligera voy y ligera soy.

Esta última estrofa, ilustrada por los gestos apropiados de beber, fumar y nadar, fue recibida con una gran ovación dirigida por el barón Moses. La cantante, la señorita Corban que, con dieciocho años, había dejado atrás la timidez de la juventud, la recibió con una reverencia grosera. Algunos de los invitados, que eran lo que ella hubiese llamado «personas demasiado lentas», sufrieron ataques de abatimiento acompañados por un cosquilleo molesto en las orejas y unas mejillas muy encendidas. A veces, las canciones cómicas producen esos síntomas.

Después de la música hubo juegos en el jardín que veinte años atrás hubiesen sido considerados inapropiados, más baile y un gran espectáculo de fuegos artificiales. Al final, se ofreció una magnífica cena y mucho champán. Los invitados se marcharon impresionados ante la idea de que la inmensa fortuna del barón se gastase con tal libertad.

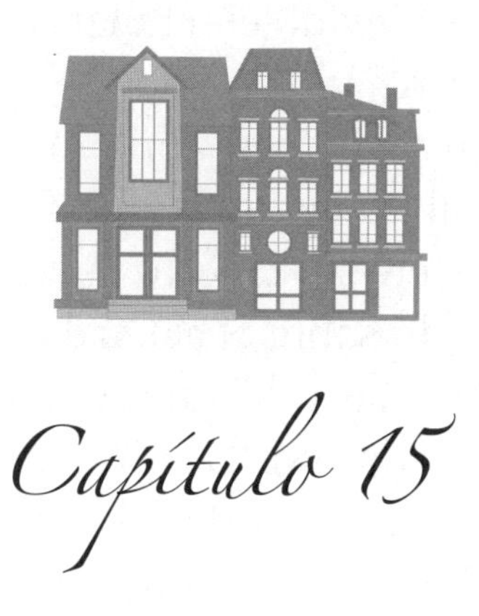

Capítulo 15

Cuando Janet y Rose regresaron del concierto, su padre les abrió la puerta y, a causa del placer de aquel encuentro inesperado, olvidaron por un momento Saint Maur House, que casi cayó en desgracia por haberlas retenido en el peor momento. El capitán Hopkinson era un padre particularmente agradable; estaba total y absolutamente convencido de que sus hijas eran mejores que los hijos del resto de padres y de que nadie podría encontrarles fallo alguno, puesto que no tenían ninguno. Parecía extraño, ya que había llevado a centenares de jovencitas de buena educación y amistosas a la India, pero algunas tenían mal carácter, otras eran muy nerviosas, algunas coqueteaban con los cadetes, a la mayoría les gustaba aparentar y todas se mareaban en el mar. «Mis niñas son chicas buenas, naturales y de buen humor; no entregarían "eso", sea lo que fuere "eso", para conseguir la atención de un regimiento de esos tontorrones. La única vez que las llevé en el *Alacrity*, permanecieron firmes en sus puestos como si hubiesen vivido en el mar toda su vida». Janet era la más baja de las dos por lo que, cada vez que regresaba de un viaje, descubría que había crecido de forma considerable, mientras que Rose era pálida y él podía recrearse en su aspecto juvenil. Ahora que se habían abalanzado sobre él ataviadas con vestidos muy favorecedores gracias a la supervisión de *madeimoselle* Justine, emocionadas por las diversiones del día y sonrojadas por el placer de verle, las contempló con la más profunda admiración y, cuando salieron para quitarse el atuendo de gala, se volvió hacia su mujer y dijo:

—Bueno, querida mía, está claro que no son unas muchachas feas. Las señoritas Wallace, que fueron a Calcuta en este último viaje, se supone que son grandes bellezas y que me dieron un montón de problemas porque todos los muchachos a bordo se les declaraban, palidecen en comparación con nuestras niñas.

—Jesús, querido, solo visten así de vez en cuanto y, John, no creo que te guste demasiado la factura cuando la veas.

—Bah, ¡que le den a las facturas! No voy a reprocharles que tengan ropa elegante. ¿No podrían vestir así siempre, Jane? Me encantaría llevarlas de paseo con esos vestidos, cada una agarrada de un brazo, para ver cómo las mira la gente.

—¡Mirar! Si viesen a nuestras niñas presumiendo por Dulham con esos vestidos vaporosos, claro que las mirarían. No, está muy bien para algunas ocasiones y, ya que querían escuchar esa música y que la duquesa había sido tan amable de invitarlas, pensé que correspondía vestirlas bien. Sin embargo, deben volver a los vestidos marrones viejos, John. Mañana debes ir a visitar al encantador capitán Templeton. Era lord Chester; perdón, quiero decir que es lord Chester. Son muy amables con el pequeño Charlie. ¿Qué has traído para Charlie, John?

—¿Para Charlie? ¡Vaya, me olvidé de él por completo! No tuve tiempo de ir a mirar los bazares; tendrás que ir a buscar mi dinero a la calle Regent si quieres comprar algo.

Aquella era una escena que siempre representaban después de cada viaje. El capitán Hopkinson daba a entender que se había olvidado por completo de su familia desde el mismo minuto en el que había zarpado y entonces, cuando el barco llegaba surcando el río, pasaban varios días inundadas por provisiones enormes de chales, juguetes, baratijas y curiosidades de cada uno de los puertos en los que había atracado.

Las niñas volvieron con sus vestidos marrones y desearon que su padre no despreciase demasiado a sus Cenicientas; aun así, él pensó que eran mucho mejores que las Wallace y se felicitó a sí mismo sabiendo que, a bordo del *Alacrity*, en la bodega, guardaba dos chales indios. Recuperaron del exilio su sillón. La señora Hopkinson se ponía tan nerviosa y se sonrojaba tanto cuando cualquiera se sentaba en «la silla de John», que las niñas siempre lo retiraban de la salita cuando no estaba, pero, aquella tarde, lo colocaron presidiendo la mesa y, cuando todos se sentaron para cenar y el capitán bendijo la comida, añadiendo un agradecimiento por haber regresado con su mujer y sus hijas, todos rompieron a llorar como si les hubiese ocurrido la mayor de las desgracias hasta que la señora Hopkinson, enjugándose los ojos, dijo:

—Bueno, vaya cuatro tontos estamos hechos, llorando porque John ha vuelto a casa. Parecemos Willis. Cómo disfrutaría el pobre Willis soltando unos buenos lloros con nosotros. Ojalá estuviese aquí.

—Yo no lo deseo, mamá; estropear el primer día de papá es lo último que desearía. Ahora mismo estaba pensando en poner la cadena de la puerta y fingir que hemos salido o que estamos dormidos si viniese. Además, tenemos muchas cosas que contaros. El concierto fue muy divertido y Saint Maur House es magnífica.

—¡Y la música! —exclamó Rose—. Yo creo, mamá, que se burlan de nosotras cuando admiran nuestra forma de cantar. Si tan solo hubieras podido escuchar el dueto de Piccolomini y Giuglini... Me pregunto qué hubieras dicho; me dejó sin aliento.

—Sé de lo que estáis hablando —dijo el Capitán Hopkinson—. Solía ir a la ópera en Lisboa y eran todo gorjeos, temblores y gritos con fuertes estruendos de la orquesta al final; suficiente para dejarte sordo. Cuando volvía de nuevo a bordo y escuchaba a John Leary, uno de nuestros mejores vigías, cantando *Hogar, dulce hogar* con el resto de la tripulación haciendo el coro, pensaba que eso sí era música, mientras que lo otro solo era ruido.

—John Leary ha viajado varias veces contigo, querido —dijo la señora Hopkinson, que tenía la mente dividida entre el *Alacrity* y Saint Maur House—. Tiene una voz dulce y su esposa ha tenido gemelos mientras él estaba fuera. Pero me atrevo a decir que Pico... ¿cómo se llamaba? ¿Es hombre o mujer? Seguro que también canta muy bien. Uno de los gemelos se llama John. Supongo que la duquesa no tuvo tiempo de hablar con vosotras, ¿verdad, niñas?

—Sí que lo hizo, mamá. Ya sabes que fuimos con *lady* Sarah, y la duquesa se preocupó mucho por ella; la llevó junto con la señorita Grenville a uno de los mejores sitios de la habitación e hizo que nos sentáramos con ellas. Además, cuando pasaba junto a nosotras con la duquesa de Cambridge y la princesa María,[47] se paró para hablarnos y nos preguntó si nos gustaba la música.

—¿De verdad? —dijo la señora Hopkinson, que parecía extremadamente complacida—. Así que visteis de cerca a la duquesa de Cambridge y a la princesa María. Ay, John, pensar que nuestras niñas estuvieron en la misma fiesta que su alteza real... Cuando llegaste de forma tan repentina y preguntaste dónde estaban, poco sospechabas que se encontraban en semejante compañía; y todo gracias a que hay gente muy buena. Imaginaos, niñas, que había un *sir* Comosellame que, al parecer, ofreció a vuestro padre que se quedase en su casa de Garden Reach mientras el *Alacrity* estuviese en Calcuta; y también está *lady* Chester, que le ha regalado a Charlie un perrito precioso. Además, me atrevo a decir que, si la reina[48] hubiese estado en Saint Maur

[47] N. de la Ed.: Se trata de la hija de Jorge III, (1776-1857), que se casó con su primo Guillermo Federico de Hannover, duque de Gloucester y Edimburgo.

[48] N. de la Ed.: Se habla de la reina Victoria (1819-1901) y en el párrafo siguiente se hace mención de «sus muchos hijos», y es que la monarca fue madre de nueve vástagos.

House, la duquesa os hubiese tratado del mismo modo. La gente es muy amable. Supongo que su majestad no ha aparecido por allí, ¿verdad? —añadió la señora Hopkinson vagamente.

—No, mamá.

—No, claro que no. Con todos sus hijos, hacer la guerra y la paz, dar bailes, prorrogar el Parlamento y con el gobierno cambiando de continuo, no tiene mucho tiempo para hacer visitas, pobrecita. Supongo que no conocíais a ninguno de los asistentes.

—¡Oh, sí! Estaban lord Chester, el coronel Hilton y el señor Grenville. También estaba el señor Harcourt —añadió Jane—, que se sentó junto a Rose.

El capitán Hopkinson pensó que Rose estaba mucho más sonrojada en ese momento que su hermana.

—Y el señor Greydon nos acompañó a la habitación donde se servía el refrigerio y, después, al carruaje —apuntó Rose.

Janet se levantó y su padre dijo que ya era una mujer muy alta. Entonces, el *Alacrity* se volvió el tema de conversación durante un rato. Habían sufrido temporales que resultaban desagradables para los oyentes, pero que habían resultado meritorios, pues habían demostrado las grandes cualidades del barco para la navegación. Después, casi se había encallado en la isla de Tattyminibo al haberla confundido con el puerto de Tammyhominy[49] y ningún otro barco hubiese respondido de forma tan excepcional bajo semejantes circunstancias. La señora

[49] N. de la Trad.: Tanto Tattyminibo como Tammyhominy son topónimos inventados con los que la autora pretende mostrar cierta ignorancia por parte de la supuesta narradora de la historia.

Hopkinson estaba convencida de que la culpa era de la isla, que se habría interpuesto en su camino. Después de todo, conocía una isla en el Mediterráneo o en la bahía Baffin que había provocado exactamente lo mismo. Al final, como odiaba oír hablar de los peligros del mar, condujo la conversación hacia cómo había pasado el día: cómo *lady* Chester había pedido que fuera a visitarla para opinar sobre la ropa de bebé que habían enviado a Pleasance; cómo ella le había recomendado la más barata, que seguía siendo mejor que cualquiera que ella hubiese visto antes; cómo *lady* Chester había escogido la que más le gustaba en cada caso; cómo habían tenido una conversación muy agradable sobre enfermeras, bebés y sobre Charlie y cómo acababa de volver a casa, pensando en los encajes de Valenciennes de las mantillas, cuando John había llegado.

En ese momento apareció Willis, sintiéndose cómodo en su melancolía, tras las festividades de Marble Hall.

—Todo de negro otra vez —le susurró Rose a su hermana—. Incluso los guantes, así que no ha habido proposición.

—O le han rechazado —añadió su hermana—. Estará peor que nunca.

Sin embargo, cuando estaba bajo el control de su suegro, que era razonable y honesto, se comportaba como un hombre diferente a cuando podía someter a la bienintencionada señora Hopkinson. El capitán Hopkinson añadía una pizca de buen juicio a cada dosis de lloriqueo, desechaba cualquier perspectiva de sufrimientos futuros como algo por lo que no valía la pena preocuparse, y o bien debatía o bien se reía de los problemas insignificantes del momento. Pensaba que mostrar abiertamente el verdadero dolor era imposible, que debía ser combatido en soledad, no cargándolo a la fuerza sobre la atención de los demás. Al insistir en la suposición de que Willis debía preocuparse por los intereses de todos y al tratarlo de forma constante como un miembro más de su alegre familia, siempre lograba que se transformara en una versión más sociable de sí mismo. A Willis no le gustaba demasiado, pero cedía; de hecho, hubiese sido difícil resistir la influencia de aquella habitación de aspecto alegre y de aquella familia feliz. Al final, se dignó a preguntar si las niñas se habían divertido y suspiró con fuerza cuando la señora Hopkinson preguntó si el vestido de la princesa María había sido azul cuando tendría que haber sabido que la corte estaba de luto por el príncipe de Sajonia-Badenheim. Incluso les ofreció un breve relato del banquete en Marble Hall, constatando en pocas palabras que había mucha gente demasiado arreglada, que las mesas estaban repletas y que la sala de baile estaba abarrotada de gente.

—Resumiendo, que parece que la fiesta, y quizá algo más que la fiesta, no cumplió con tus expectativas, Charles.

—¿Mis expectativas? —preguntó Willis— Ah, ya veo, es una broma. No se me dan bien las bromas. De hecho, no estoy con ánimos esta noche. —Janet y Rose se miraron la una a la otra—. La baronesa me llevó a escuchar música. —Sintió un escalofrío al mencionar la canción cómica y a la todavía más cómica cantante.

—Pero no hay nada desalentador en eso —dijo Janet—. Muchas veces nos escuchas cantar a nosotras.

—Sí, tan a menudo que no me molesta para nada; ya estoy bastante acostumbrado. Apenas lo escucho y ni siquiera me impide concentrarme en mi libro. —Willis pensó que estaba ofreciendo a sus cuñadas el cumplido más gratificante—. Pero la tal señorita Corban gritaba tan alto unas bromas penosas que era imposible no oírlas. Fue un espectáculo deplorable.

—Charles, ¿no podrías darnos alguna idea del tono de la canción o de parte de la letra? —dijo Rose.

—¿Yo? ¿Cantar yo una canción cómica? Mi querida Rose, piensa un poco antes de hablar. ¿Alguna vez has visto algo en mí que te lleve a pensar que sé cantar?

—No, pero, hasta el otro día, jamás había visto nada que me hiciese pensar que sabías bailar. Tal vez el canto sea lo próximo. Papá, no te imaginas lo bien que baila Charles; hace unos *chassés* y *balancés* perfectos y su *grand rond* es de casi una vuelta y media. Fue bastante emocionante verlo.

Willis, irritado, paseó de un lado a otro de la habitación mientras el repiqueteo de la risa del capitán Hopkinson aclamaba sus triunfos de bailarín y, después, agarró su sombrero y se marchó. Sin embargo, antes de irse, anunció que el barón Sampson iría a conocer al capitán Hopkinson y a pedirle información que podría ser de importancia para uno de sus proyectos. El remordimiento de conciencia hizo que añadiera lo siguiente:

—Es un hombre bastante optimista y creíble pero, en lo relativo a conjeturas, tome sus afirmaciones con cuidado.

—No es un mal tipo después de todo —dijo el capitán cuando la puerta se hubo cerrado tras Willis.

—¿Quién? ¿El pobre Willis? ¡Oh, no! Tiene un corazón muy tierno y no supera la pérdida de la pobre Mary; de lo contrario, como les digo a las niñas, sería tan agradable como los demás.

Difícilmente resultará necesario añadir que este comentario lo hizo la señora Hopkinson.

Capítulo 16

Lord Chester estuvo encantado de volver a encontrarse con su viejo amigo Hopkinson. Le llevó a visitar a Blanche, que también parecía considerarlo un viejo amigo y que le habló con tanta admiración y amabilidad sobre sus hijas que, tal como pensaría el capitán Hopkinson más tarde, era una suerte que fuesen las niñas más buenas del mundo o, de lo contrario, todo lo que dijo *lady* Chester hubiese sonado demasiado adulador. Sin embargo, tal como estaban las cosas, nada podía ser más satisfactorio o de buen gusto. Después, lord Chester le llevó a los establos y le ofreció utilizar sus caballos, propuesta que fue rechazada con decisión. Probablemente, aquello fue lo mejor para la seguridad de la vida de John y supuso una gran satisfacción para el mozo de cuadras, que señaló que no veía la necesidad de subir a lomos de un caballo a un caballero de la marina. Después de todo, él nunca se ofrecía a navegar en sus barcos, ¿por qué no deberían ellos dejar en paz a sus caballos? Al final, los caballeros encendieron unos cigarrillos y pasearon junto a la orilla. La visión del señor Harcourt subido en una batanga hizo que el señor Hopkinson opinase de forma tajante sobre los peligros del río y la temeridad de los hombres jóvenes. Para aquellos que no sean «habitantes de los márgenes del río», como la prímula de Wordsworth,[50] quizá sea necesario explicar que una batanga es un barco que parece una broma. Se asemeja a una mala imitación de un tablón que, gracias a su forma absurda y para alegría de todos, hace que aquel que arriesga su propia vida al subirse evite que otra persona pueda compartir el peligro. El navegante también debe preocuparse de no volcar ante cualquier barco de vapor que pase por allí o ante el más mínimo cambio en su postura. Además, resulta difícil imaginarse cómo acabó subiéndose allí o cómo va a poder bajar de nuevo, y el efecto que produce en un espectador sin prejuicios es el de un ratón de agua atrapado en una trampa en forma de barco de la que nunca saldrá con vida a pesar de la lucha continua que parece mantener.

—Bueno, cada hombre puede hacer lo que le plazca —dijo el capitán Hopkinson—, pero en lo que a seguridad se refiere, preferiría encomendarme a un temporal en el cabo de Hornos porque, en cualquier caso, las probabilidades de que me ahogara serían menores. Debo irme a casa. Disculpe, pero ¿sabe su señoría algo

[50] N. de la Trad.: Tanto la cita como la mención a la prímula hacen referencia a la obra *Peter Bell: Una leyenda en verso* (1798) de William Wordsworth.

sobre un tal barón Sampson que me amenaza con una visita de bienvenida esta misma mañana?

—Nada más allá de su nombre, que aparece en cada rincón de los periódicos siempre que hay donaciones para una compañía. Se supone que su fortuna vale millones pero, últimamente, he aprendido a desconfiar de lo que se dice. No me importaría librar a sus caballos grises del carruaje tan vulgar en el que viaja su ostentosa esposa y llevarlos a mi propio establo, pero preferiría no tener que saber nada más de él.

—Bueno, espero que sus visitas sean cortas, ya que debo estar en la ciudad a las tres.

—Yo también, así que pasaré a recogerle con mi carruaje de dos ruedas e iremos juntos.

El capitán Hopkinson sacudió la cabeza y dijo que los carruajes de dos ruedas eran como batangas para tierra pero, aún así, aceptó la oferta y, tras oír el ruido del coche de caballos del barón, se apresuró para regresar a casa.

Los Sampson llegaron en masa, puesto que, para sorpresa de sus tíos, la señorita Monteneros, que siempre rechazaba hacer visitas matutinas, se ofreció a acompañarles. Allí, se colocó en la misma ventana saliente en la que Janet y Rose se encontraban ocupadas bordando un mantel que debería haber estado acabado antes del regreso de su padre y en el que ahora trabajaban con gran entusiasmo. La señora Hopkinson había avisado a John en privado de que se trataba de una sorpresa por lo que, a pesar de que lo veía y se topaba con él diez veces al día, se mostraba supuestamente ignorante de su existencia hasta que las niñas se iban a la cama, momento en el que encendía una vela y pasaba un cuarto de hora observándolo hasta sentirse satisfecho.

—¿Les gusta ese tipo de trabajo? —preguntó Rachel mientras contemplaba a través de sus lentes tanto la obra como a sus creadoras.

—Es para papá —contestó Janet con un tono que indicaba que, para ella, aquello zanjaba la cuestión.

—Pero, en realidad, que sea para su padre no hace que el trabajo con la aguja sea menos tedioso.

—¿Ah, no? —replicó Rose con gesto de asombro—. Me gustaría encontrar algo que hiciésemos para él, que nos es tan querido, que nos resultase tedioso. Además, a Janet y a mí nunca nos parecen agotadoras las cosas en las que trabajamos juntas.

Rachel suspiró. Había ido hasta allí a propósito para ver a una familia feliz e incluso aquellas pocas frases habían rasgado el acorde oscuro que era su vida.

—Señorita Monteneros, ¿nunca ha tenido el placer de terminar lo que considera una labor exitosa para dárselo a alguien a quien quiera mucho? —preguntó Janet.

—Nunca —contestó Rachel en voz baja—. Además, por la mejor de las razones: no tengo a nadie a quien querer y nunca he querido a nadie. Mi vocación es «llevar una vida errante sin que haya nadie que nos ame, nadie a quien podamos amar».[51]

Las niñas la observaron con sorpresa y Janet, tomándola de la mano, dijo:

[51] N. de la Trad.: Cita del poema narrativo *Las peregrinaciones de Childe Harold* (1812) de lord Byron.

—No diga eso, no está bien. Le pido disculpas, quizá no hable en serio. No se puede vivir a menos que se tenga alguien a quien amar y alguien que también te ame.

—Cierto —contestó Rachel—, no es existencia, es un mito. «Un temible vacío, el desierto estéril de la mente, un yermo de sentimientos nunca empleados».[52]

—¿Por qué no emplearlos? —preguntó Rose, que no había estudiado a Byron—. Usted tiene un hogar.

—Algo así.

—Y parientes.

—Algo así también. Sin embargo, no he venido para hablar de poesía y del descontento, aunque algunas personas piensen que son sinónimos. Nos hemos cruzado mientras paseaban y también las he visto en la iglesia, y siempre parecían felices y satisfechas, por lo que pensé que me gustaría hablar con ustedes y saber cómo se las arreglan para que así sea.

—No es algo que planeemos —dijo Janet, riendo—. Rose y yo tenemos buena salud y buen humor, mucho trabajo entre la escuela y el hospital, los mejores padres del mundo, una casa cómoda y a Charlie para jugar con él. ¿Qué más podría desear, señorita Monteneros?

—Nada —contestó ella con tristeza—. Como bien dice, lo tienen todo: afecto, una ocupación y utilidad. Las envidio; ustedes son felices, pero yo no.

Las dos hermanas se habían emocionado mucho por aquella conversación. Nunca se les había ocurrido analizar la vida; ellas aceptaban las cosas tal como les

[52] N. de la Trad.: Cita de *El Giaour* (1813), el primero de una serie de poemas de temática oriental de lord Byron.

llegaban y, para ellas, siempre llegaban felices. La idea de que una joven hermosa y próspera fuese a hacerles una visita matutina y mencionase de forma casual que su vida era un completo fracaso, ya fuese por el uso que le daba o por su disfrute, les resultaba tan novedosa y sorprendente que no sabían muy bien cómo tratar el asunto. Se sintieron tentadas de usar su recurso habitual y pedirle a su madre que fuese a solucionar el estado desastroso de la vida de la señorita Monteneros. Ella sabría exactamente qué hacer. Pero, al mirar en su dirección, vieron que tenía sus propios problemas y que casi había sido aplastada por la condescendencia de la baronesa y la humildad del barón. Así pues, Janet volvió a lanzarse a la lucha con valor.

—Señorita Monteneros, no debe enfadarse. —Rachel sonrió—. Por supuesto, usted es más lista que nosotras y sabe mucho más sobre los sentimientos, la poesía y ese tipo de cosas, pero no me gusta oírla decir que no es feliz.

—A mí tampoco me gusta —contestó Rachel con languidez—, pero es un hecho. Aunque, quizá no debería habérselo mencionado.

—A mí me alegra que lo haya hecho, siempre que me deje decirle lo que pienso. ¿No tiene parientes más cercanos que sus tíos?

—No tengo ningún pariente más. Mis padres murieron cuando tenía dos años y no tenía hermanos.

—Qué triste —replicaron las hermanas, mirándose la una a la otra.

—Aún así, tiene un hogar y, dado que no tiene a nadie más a quien recurrir, supongo que sus tíos ocupan el lugar de sus padres; ¿no podría usted... —Janet se detuvo y miró al barón y la baronesa; no parecía que valiese la pena desperdiciar palabras preguntando si alguien podría amarlos.

—Es usted honesta —dijo Rachel con una risa vacía—. Vaticino que esa frase no hubiese llegado a una buena conclusión.

—Pero la gente dice que es usted muy rica —dijo Janet—. Piense en lo que el dinero puede hacer por la mayoría de las personas pobres del mundo y en lo pronto que se sentiría unida a cualquiera que usted hubiese conseguido librar de la verdadera aflicción. Le aseguro que Rose y yo a menudo queremos llorar por lo poco que podemos hacer por los enfermos y los niños hambrientos y, aún así, ellos siempre se muestran muy agradecidos por ese poco. Señorita Monteneros, ¿no cree que si se preocupase por los demás, los demás se preocuparían por usted?

Rachel no contestó, pero se inclinó sobre el bastidor que usaban para bordar y Janet sintió una lágrima caliente sobre la mano. Sin embargo, no añadieron nada más, pues el capitán Hopkinson apareció a toda velocidad, disculpándose por hacerles esperar, dejando a Charlie en brazos de sus tías, tropezándose con el siempre presente mantel y suplicándoles a sus niñas que apartasen los vestidos bordados lejos de sus pies.

—Papá no sabe que es un mantel para él —susurró Rose, que seguía engañada.

De pie, hablando el uno con el otro, el barón y el marinero contrastaban mucho. El primero era cetrino, con una frente amplia y arrugada y unos ojos despiertos y calculadores; al parecer, se había quedado sin pelo a fuerza de especular, tenía los hombros inclinados y el pecho contraído; sus modales eran respetuosos y su voz anodina de forma poco natural; además, tenía un aspecto amarillento, como si jamás hubiese respirado aire que no hubiese estado contaminado por el aroma del oro. El otro era alto y permanecía erecto; tenía buen color, sus rizos oscuros y definidos se le amontonaban sobre una cabeza varonil y tenía los ojos azules y vivarachos, llenos de inteligencia; ofrecía su opinión y sus conocimientos en pocas palabras y con un tono y unos modales despreocupados que inspiraban confianza, pues no parecía tener deseos de persuadir ni sentir ningún temor sobre el efecto que pudieran causar sus afirmaciones. «Supongo —pensó Rachel—, que mi tío intentará darle pena para que crea lo que dice, pero yo tengo fe de antemano en lo que dirá el capitán Hopkinson».

La conversación se dirigía poco a poco hacia el comercio exterior, China y, finalmente, hacia un proyecto ferroviario en Hong Kong.

—Me complace obtener información tan valiosa de tan excelente autoridad. He comprado algunas acciones en esta compañía aunque, como imaginará, no con la idea de obtener beneficios. Con un doce por ciento procedente de nuestra sociedad bancaria, esas acciones ferroviarias me resultan inútiles. Sin embargo, mis amigos de la ciudad me hicieron el honor de desear que fuese el director. Además, siento que el ferrocarril, los puertos o, de hecho, cualquier instalación apta para el comercio, son la mejor manera de convertir a nuestros camaradas del este. ¿No está de acuerdo, capitán Hopkinson? Aunque puede que esos trenes transporten opio, la cristiandad también tendrá su billete en ellos.

—Espero que así sea, barón, pero siento decir que el cristiano que va al este lleva poca cristiandad consigo. Aun así, debemos esperar lo mejor. Ahora, me temo que debo dejarles al cuidado de mi esposa y mis hijas. Debo estar en la ciudad a las tres y tengo a un amigo esperándome en la puerta.

—Nosotros también debemos ponernos en marcha —dijo la baronesa, poniéndose en pie—. Nuestra visita ha sido desmedida. Espero que Rachel haya convencido a esas jovencitas de que nos honren con su visita el día 23 y de que traigan consigo sus canciones. El pasado miércoles tuvimos a una cantante deliciosa, la señorita Corban, hija de Corban, Isaacs &Co. *Elle chante à ravir* unas canciones cómicas encantadoras. Generalmente, no suele cantar en grandes fiestas, pero no podía rechazarme. De hecho, nadie lo hace; así que recuerden eso, jovencitas.

En ese momento, la baronesa se vio interrumpida por la entrada repentina de lord Chester, que no pudo evitar echar un vistazo a la dueña de los caballos grises a pesar de que Blanche le había ordenado que, bajo ningún concepto, se viese arrastrado a entablar una relación con «esa mujer abrumadora».

—Hopkinson, ¿está usted listo? —dijo, haciendo una especie de reverencia generalizada a todos los presentes—. Siento meterle prisa, pero debemos marcharnos. Casi no tenía tiempo para entrar, pero mi esposa me ha encargado que le diga, señora Hopkinson, que no acepta su excusa. Ha lanzado su nota al fuego y les esperaremos a todos (recuerde lo que le digo, a todos) a las siete y media. Así que no diga ninguna tontería más al respecto.

—Bueno, mi señor, puede que ustedes me esperen, pero no conseguirán que yo asista a una de esas cenas grandiosas y tardías. Se alejan mucho de mi forma de vida y les estorbaría; aunque John y las niñas pueden ir si así lo desean.

—No le queda otra opción, y será mejor que no me obligue a venir con dos policías para escoltarla a usted también hasta la cena. Soy bastante capaz de hacerlo. Bien, John —añadió, pidiendo que se apurase.

—Si alguna vez ha existido un joven encantador, ridículo y sin sentido, es ese de ahí —dijo la señora Hopkinson, complacida, en un soliloquio.

—Supongo que se trata de lord Chester —dijo la baronesa en un tono muy sumiso—. Desde luego, no es mal parecido. *Adieu*, mi querida señora Hopkinson, *nous nous reverrons*[53] el día 23.

—Adiós —dijo Rachel, que se demoró un poco—. Veo que no tiene intención de asistir a la fiesta y no le falta razón, pero ¿podría venir de nuevo a visitar a sus hijas?

—Por supuesto, querida, cuando usted quiera.

—¿Y podría decirle al capitán Hopkinson…?

—Rachel, tu tía está esperando —dijo el barón desde el piso de abajo.

—Dígale que no empiece a mezclarse en los asuntos ferroviarios y las acciones —añadió con rapidez—,

[53] N. de la Ed.: Volveremos a vernos.

que le pregunte primero al señor Willis. —Dicho esto, bajó corriendo las escaleras.

—¡Vaya! Entre el francés de la tía y el inglés de la sobrina, estoy bastante desconcertada —dijo la señora Hopkinson, dejándose caer con un suspiro de alivio—. Me atrevo a decir que son muy buena gente, pero no me importaría no volver a verlos nunca más.

—¿Qué opina ahora del barón? —preguntó lord Chester mientras se alejaba con el capitán Hopkinson.

—Es un tipo ingenioso y parece que sabe lo que hace, que ya es más de lo que se puede decir de mí. Sin embargo, no fui capaz de cruzar la mirada con la suya y nunca confío demasiado en un hombre que no me mira a la cara.

—Rachel —dijo la baronesa, que parecía un poco indispuesta—, desearía que no me hicieras esperar una hora mientras te entretienes mostrando tus buenos modales a esa gente; se les subirá a la cabeza. Y en cuanto a ese petimetre de lord Chester, no entiendo qué quería decir; supongo que se estaba burlando de la vieja.

—Tal vez esté enamorado de una de las jovencitas —dijo el barón.

—No digas tonterías, mi amor —dijo la baronesa con brusquedad—. Nunca he visto dos niñas menos interesantes. No tienen ni modales ni *usage du monde*.[54] ¿Cómo has encontrado algo de lo que hablar con ellas, Rachel? Estoy segura de que no has conocido a personas como ellas en mi círculo.

—Nadie que se parezca lo más mínimo, tía.

[54] N. de la Ed.: Que no tienen mundo, que no saben mucho de él.

—Eso pensaba. ¿Qué te ha parecido el capitán, barón?

Por respuesta, el barón se encogió de hombros pero, entonces, en su papel de hombre benevolente, añadió:

—Es un marinero honesto y franco, y no es culpa suya no causar el suficiente entusiasmo como para estropear las vistas de Pleasance. Sospecho que es rico, ya que posee un espíritu muy independiente.

Capítulo 17

Cuando el capitán Hopkinson regresó tarde de la ciudad, descubrió que se había desatado una discusión entre su esposa y sus hijas: la primera rechazaba asistir a la cena de Pleasance y las segundas afirmaban que no irían sin ella.

—Me alegro de que hayas llegado, papá —dijo Janet—. Mamá toma las decisiones por su cuenta y dice tales tonterías que si fuese cosa de Charlie, se avergonzaría de él. ¿Serías tan amable de razonar con ella?

—Nosotras no podemos hacer nada más —añadió Rose—. Ni siquiera nos hace caso cuando le hablamos en un tono autoritario.

—Queridas mías —dijo la señora Hopkinson, con el rostro radiante de deleite—, hacéis que me enfade. Me habéis faltado al respeto y eso disgustará mucho a vuestro padre. Se trata de la cena en Pleasance, John. Las niñas quieren que vaya y yo pretendo quedarme en casa, así que estamos jugando a ver quién puede más.

—Entonces, han ganado las niñas —dijo John—. Vas a asistir, ya que le prometí a Arthur que te llevaría.

—Ay, John, ¿cómo has podido? No puedo cenar fuera, estoy demasiado gorda.

—Bueno, querida, no esperarás estar tan delgada como cuando tenías diecisiete años, pero no estás ni la mitad de gorda que tu amiga la baronesa. Además, una sola cena, a menos que comas de forma muy voraz, no va a hacer que engordes mucho más.

Aquella idea hizo que la señora Hopkinson rompiese a reír con gusto.

—Ya sabes que no es eso lo que quería decir. Tienen mayordomo y todos esos lacayos que hacen que me sienta incómoda y que se llevarán mi plato antes de que haya terminado. Además, habrá desconocidos que seguramente se preguntarán dónde han encontrado lord y *lady* Chester a una anciana tan vulgar como yo. Acabaré abochornada sin remedio. ¡Que Dios me bendiga! Es una tontería, pero creo con total sinceridad que soy tan tímida como una jovencita, por lo que preferiría quedarme en casa.

—Pero asistirás para complacerme —insistió John mientras tomaba su mano con amabilidad—. Lord y *lady* Chester dan demasiado valor a lo que hice por él cuando enfermó. Es cierto que nunca había visto a nadie recuperarse de semejante ataque, pero fue gracias a su buen ánimo. Sin embargo, creen que le ayudé y parece que les complace tratarnos con cortesía, así que no frustraremos sus intenciones. Han organizado la fiesta a propósito y con un pequeño grupo de amigos que ya conoces como *lady* Sarah Mortimer.

—Bueno, ella no me preocupa. Es una anciana encantadora; siempre está tejiendo y haciendo gala de su sentido común.

—El coronel Hilton.

—Está claro que él no debería preocuparme, ya que nunca le quita los ojos de encima a la señorita Grenville.

—*Sir* William y *lady* Eleanor de Vescie.

—Ay, querido, a ellos no los conozco, así que no puedo ir. Además, no creo que la blonda de mi sombrero esté en condiciones.

—Solo son el hermano y la hermana de lord Chester, mamá, así que no se puede decir que sean desconocidos. Además, Rose y yo hemos logrado que tu sombrero sea un ejemplo perfecto de elegancia —dijo Janet.

—También te alegrará poder ver a Greydon y, a excepción del joven Grenville y algunos de sus amigos, no asistirá nadie más.

—Ah, esos jóvenes oficiales que derrochan bromas y preguntas. No me importa que se rían de mí.

—Lord Chester insinuó que tal vez venga su padre —añadió John, titubeando—. Lord Chesterton fue tan amable de decir que le encantaría conocerme, pero a ti no te molestará, querida.

—De entre todas las personas del mundo, tenía que venir lord Chesterton, que es ministro del gobierno. Y luego estoy yo, que no puedo leer *The Times* y que, aunque me pagaras por ello, no sabría diferenciar entre un proyecto de reforma y un presupuesto. Ni siquiera sé si tengo un par de guantes nuevos en casa.

Ay, John, John, y todo gracias a que dejaste que una fiebre se apoderase del *Alert*. Niñas, ¿qué vamos a hacer con mis guantes?

—Hay un par nuevo listo, mamá, y tu brocado gris es impresionante, así que ven a vestirte como la buena mujer que eres.

—¿Esto serviría de algo? —dijo John mientras, siguiendo la costumbre, sacaba un paquete de aspecto tentador que resultó ser una mantilla de encaje espléndida—. Había a bordo una tal señora Barlow que no pensaba en nada más que en prendas de lujo. Creo que si el barco hubiese estado hundiéndose, habría ido a su camarote para ponerse un vestido adecuado para ahogarse. Cuando atracamos en Funchal, se volvió loca por conseguir esto y, ya que su marido no se lo permitió, yo lo compré para ti y ella se puso histérica.

—¡Pobre mujer! —dijo la señora Hopkinson—. No hay nada mejor que un vaso de agua fría para la histeria pero, desde luego, no todos los días se ve un encaje como este. Admito que me gusta tener un encaje de tanta calidad como este.

—Además, estas mantillas están muy de moda. Es justo lo que queríamos para ella. Gracias, papá, esta es la mejor compra que has hecho nunca.

«Ay, todavía no saben nada de los chales de cachemira. Seguro que les encantarán», pensó el capitán Hopkinson mientras las niñas se llevaban a su madre al tocador.

El resultado fue un éxito rotundo. La mantilla de encaje era, como dijo la señora Hopkinson, un atuendo tan propio de una dama, que consiguió hacer su entrada en Pleasance sin sonrojarse demasiado. Además, la amabilidad silenciosa con la que la recibieron y la sincera alegría de sus anfitriones consiguieron tranquilizarla. Sentada durante la cena junto a lord Chester, que se esforzó por entretenerla, Baxter y los lacayos dejaron de aterrorizarla y, cuando el doctor Ayscough se deslizó en la silla contigua, sintió un gran placer.

—De verdad, creo que va siendo hora de que John empiece a sentirse celoso de ese hombre —les dijo a sus hijas más tarde—. Por supuesto, no mencioné a Charlie, ya que eso hubiera sido muy atrevido, pero él comenzó a hablar del niño directamente y, cuando le dije que había mejorado muchísimo, me aseguró que viviré para ver cómo se convierte en un joven tan apuesto como su abuelo. No es que John sea su abuelo, pero es apuesto de todos modos. Parece que en los periódicos han hablado de un terrible asesinato. Debéis buscarlo y leérmelo, niñas. Una familia entera ha sido envenenada por el padre. ¡Imaginaos a John envenenándonos durante el desayuno o jugueteando con mi tetera! Lord Chester y el doctor Ayscough han dicho cosas muy inteligentes sobre los venenos; pensé que las recordaría por miedo a sufrir accidentes, pero no estoy del todo segura de no haberme olvidado de algo. Sé que no es bueno para la salud tomar estricnina en grandes cantidades, así que tenedlo en cuenta, niñas; hay que evitar el arsénico, que es perfecto para añadirlo en budines y gachas y también sé que, si ingieres un poco, debes tomar algo después, aunque no recuerdo el qué. Ha sido muy interesante, y me gustan los asesinatos que no pueden resolverse. Quiero decir que son terribles, pero me gusta escuchar historias sobre ellos. Después pensé que podría aprender algo sobre la dieta al observar lo que comía el doctor. Ya sabéis que, hablando sobre Charlie, nos dijo que toda la carne de animales jóvenes, el cerdo, las verduras crudas, las cosas dulces y las masas eran malas; sin embargo, él ha comido chuletas, cerdo asado, ensalada, pastelitos de mermelada y budín de ciruelas. Supongo que los médicos se curan a sí mismos en casa tras haber cenado fuera y yo soy tan parcial con él que le hubiese dejado comerse mis chuletas de ternera a pesar de que estaban muy tiernas. Además, creo que podríamos hacer esa salsa de tomate en casa; resalta el sabor de la ternera. También hablaron mucho sobre Berlín y el palacio que tendrá nuestra princesa.[55] En general, me he sentido complacida, aunque tuve un pequeño susto con la mantilla cuando una placa dorada que a saber por qué llevaba colgada del hombro ese lacayo se pegó en ella, aunque no sufrió ningún daño.

La cena resultó satisfactoria en general. Blanche, que estaba sentada entre lord Chesterton y el capitán Hopkinson, se sintió satisfecha al ver lo bien que encajaban y cómo lord Chesterton comenzó expresando su gratitud por cómo había tratado a su hijo de manera formal aunque sincera, cómo esto le condujo

[55] N. de la Ed.: Se trata de la princesa Victoria, la hija mayor de la reina Victoria y el príncipe Alberto (1840-1901), que se casó con Federico de Prusia, que más tarde sería Federico III de Alemania.

a sentir curiosidad sobre los detalles de los últimos acontecimientos en el este y cómo se sintió evidentemente atrapado por la exactitud y la observación que caracterizaban los comentarios del capitán Hopkinson. Janet se las había ingeniado para sentarse junto a su padre y, dado que el señor Greydon la había acompañado al comedor, él también se unió a la conversación de ese lado de la mesa. Le impresionaron los modales sinceros de Janet, la atención que dispensaba a su padre y la inteligencia con la que escuchaba lo que estaba ocurriendo y, por primera vez, se le ocurrió que era diferente a la mayoría de las chicas que había conocido en Dulham. Se descubrió esperando sus opiniones, uniéndose a las bromas que le gastaba a su padre e intentando captar su mirada cuando contaban cualquier anécdota graciosa. Cuando las damas se levantaron para retirarse, la mirada con la que le entregó los guantes y el pañuelo que había tenido que recoger de debajo de la mesa fue una mirada con mucho significado, una mirada para recordar durante toda la vida. Así, el gran día de la sombrilla fue relegado a la insignificancia.

Por supuesto, antes de que se acabase el primer plato, Blanche ya había compuesto una novela de tres tomos en la que Greydon era el héroe y Janet la heroína. Pleasance sería el escenario en el que ocurrirían sus interesantes encuentros y ella la confidente de ambos. Debían encontrar una posición que contase con todas las recomendaciones posibles en cuanto a situación, diezmos o casa parroquial y, finalmente, hacer feliz a un clérigo ejemplar con una esposa ejemplar.

«Incluso la tía Sarah debe admitir que no es necesario usar la imaginación para predecir todo esto», pensó mientras seguía a sus invitados fuera del comedor y, cuando pasó la mano por el brazo de Janet, el cálido apretón con el que fue recibida indicaba una corriente de felicidad que solo podía invertirse en afecto.

—Señora Hopkinson, venga a sentarse conmigo —dijo Blanche cuando la tía Sarah la hubo colocado en el sofá—. No apruebo la forma en la que coquetea usted con lord Chester. No es correcto, afecta a mi felicidad doméstica y usted va vestida para la conquista. Nunca en mi vida vi un encaje tan hermoso, ¿es español?

—No lo sé —replicó la señora Hopkinson en cuanto se hubo recuperado de la ridícula idea de su propia coquetería—. Viene de Funchal, aunque no sabría decir dónde está eso. John me la regaló justo antes de venir.

—¡Nunca ha existido un John como él! Además, es muy agradable. No entiendo cómo puede tener la osadía de coquetear con los Arthur de otras personas cuando usted tiene semejante John para sí misma. Tía Sarah, he estado muy entretenida durante la cena; es una novedad escuchar una conversación sobre hechos y no sobre gente. El capitán Hopkinson nos contó historias muy curiosas sobre China, sobre las monjas de Manila y sus preciosas labores, además de bastantes cosas sobre el opio y el algodón que eran para personas más instruidas que yo. Sin embargo, lord Chesterton estaba tan interesado en ellas, así como en las tarifas y los impuestos aduaneros, que yo no podía convertir la conversación en algo frívolo. Además, me siento realizada cada vez que la conversación de mis vecinos durante la cena está por encima de mi comprensión; siempre supongo que creen que estoy bien informada y hoy he obtenido mucha información. Tía Sarah, ahora cuénteme qué ha escuchado usted.

—No demasiado, querida, la atención del señor Greydon también estaba centrada en la misma conversación que te ha resultado tan interesante.

—No exactamente —dijo Blanche, sonriendo.

—Y *sir* William, que era mi otro vecino, estaba bastante enfadado porque hoy había recibido dos cartas, una sin sello y otra con un sello que no cubría el peso, por lo que ha tenido que pagar cuatro peniques por el descuido de otras personas.

—¡Pobre hombre! —exclamó Blanche mientras miraba alrededor para asegurarse de que *lady* Eleanor no podía escucharla—. Es una gran pérdida si tenemos en cuenta sus recursos limitados. Se verá obligado a reducir el gasto en madera o a hipotecar su casa si continúa semejante saqueo. Tía Sarah, ¿se está riendo?

—No, querida, estoy tejiendo. El monedero es para *sir* William. Me pidió que se lo tejiera porque es muy descuidado con su dinero. Dice que ayer perdió un chelín cuando sacó unas monedas del bolsillo de su chaleco para pagar el billete del ómnibus, así que le prometí tejerle uno.

—Será mejor que entre todos hagamos una colecta y recaudemos el chelín y los cuatro peniques que ha perdido. Así, usted podrá entregárselos dentro del monedero, ¿no es así, tía?

—Si sigues deseando que así sea cuando termine el monedero, querida.

—Estoy segura de que *sir* William se lo merece —dijo la señora Hopkinson—. He visto que envió mil libras a ese refugio que estaba a punto de ser cerrado por falta de fondos.

—Ahí tiene —se lamentó Blanche—, esto me ocurre siempre. No hay vez en la que juzgue a alguien por cualquier defecto pequeño que no resulte que tenía algún mérito abrumador que yo no podría haber predicho. Tía Sarah, retiro mi oferta del chelín y los cuatro peniques y admito que fue error mío el creer que *sir* William le tenía apego al dinero.

—Querida niña, espero que todavía cometas muchos errores, porque no quiero que tengas tan buen conocimiento del mundo con apenas dieciocho años. Además, te permito que te preguntes, tal como hago yo incluso a mi edad, por qué los hombres muy ricos hacen felices a otros con grandes actos de generosidad mientras que ellos viven incómodos por mera avaricia, pero es así y debemos sacar el mayor provecho de ello. Esta seda naranja no combina bien, ¿verdad?

Blanche consiguió que sus amigas le contaran algunas anécdotas de los Sampson, confirmando así el desagrado que sentía por la arrogante baronesa. También le interesaron las versiones tan diferentes que la señora Hopkinson y sus hijas le dieron de Rachel. Las niñas solo sentían pena y admiración y le aseguraron que, cuando su madre comprendiese un poco mejor a Rachel, entonces le gustaría más.

—Queridas mías, será mejor que me guste a la primera si así lo deseáis, porque si he de esperar hasta que la comprenda, acabaré siendo poco amable el resto de mis días. Nunca sé si está hablando en prosa o en verso, si habla en serio o dice tonterías, pero ya que decís que debemos sentir lástima por ella, la compadezco de todo corazón. Ahora bien, cuando venga a visitaros, creo que será mejor que la conduzcan de inmediato a vuestras habitaciones.

Por supuesto, por la noche hubo música. Rose y Harcourt cantaron un dúo que fue efectivo en varios sentidos. Ella fue capaz de seguirle tal como a él le gustaba y, en ese asunto, era difícil complacerle. Sus voces combinaban bien y, cuando él sugirió una interpretación diferente de tres o cuatro compases, ella se mostró tan conforme que, aunque el talante era algo secundario para él en comparación con la voz, pensó que sería muy agradable que la señora Harcourt, quienquiera que acabase ocupando ese lugar, tuviese tanto el buen humor como la voz de contralto tan bonita de Rose.

—¿No es ese el joven que vimos el otro día intentando ahogarse él solo? —preguntó el capitán Hopkinson a lord Chester—. En un salón no parece tan tonto y, además, canta bien. Ese dueto no ha estado mal, aunque no había motivo para que lo estuviera, pues las niñas han mejorado en su forma de cantar.

—Espero que no mejoren más —dijo Blanche—. Ya cantan perfectamente así, con ese estilo sencillo y conmovedor.

El capitán Hopkinson trató de decir algo desdeñoso sobre la actuación de sus hijas, pero no lo logró.

Estaba bastante absorto contemplando cómo el señor Harcourt trataba a Rose. No le gustaba admitirlo, pero el joven caballero de la batanga parecía más dedicado a la joven de lo que le apetecía observar. No deseaba ver cómo se rompía su círculo familiar justo cuando acababa de volver para disfrutarlo él mismo y, además, desconfiaba de un individuo que poseía un barco tan absurdo. No encontró otro adversario, ya que el señor Greydon había llegado a aquel estado de admiración en el que creía que todos le observaban y que, si hablaba con Janet, todos pensarían que estaba enamorado, lo que sería una ridiculez. Ciertamente, era hermosa, una niña excelente que era muy útil en el pueblo y, además, no cabía duda de que cantaba mejor que su hermana. Sin embargo, la idea de que él se estuviera enamorando era demasiado absurda. Así que, en lugar de dirigirse hacia las cantantes con valentía junto con los demás caballeros, dio una vuelta en torno a la habitación admirando los cuadros de las paredes y los libros que había sobre la mesa y, al fin, llegó al piano habiendo demostrado, tal como esperaba, tanto para él mismo, como para los demás, que aquel era el lugar de la estancia que menos atractivo le resultaba.

¡Pobre Greydon! Cuando aquella noche llegó a su habitación, que era pequeña y estaba encima de la tienda de comestibles, la criada un poco rara que tenía un solo ojo se había olvidado de colocar las velas y había cerrado cuidadosamente la ventana para asegurarse de que allí olía suficientemente mal. Los muebles estaban llenos de polvo y todo en general decía «aposentos baratos para un hombre soltero sin cargas». Se sentó sintiéndose desconsolado. Ojalá tuviera alguna carga, despreciaba a los hombres solteros y los aposentos baratos, deseaba tener un mejor sustento y, sobre todo, se sintió determinado a visitar al capitán Hopkinson al día siguiente y prestarle el libro que le había prometido. En realidad, le gustaba bastante aquella familia y podía suponer que las mujeres que recibían la misma educación que ellas serían esposas excelentes para los hombres que pudieran permitirse casarse. No le sorprendería que Harcourt se casase con una y Grenville con la otra.

A la mañana siguiente, salió de casa con un libro muy aburrido sobre tormentas y corrientes en el bolsillo y, aunque el capitán Hopkinson no recordaba haber expresado su deseo de tomarlo prestado, creyó al señor Greydon cuando dijo que así había sido, le recibió con cordialidad y le pidió que se quedara para el almuerzo. Tras una visita que duró dos horas, el soltero regresó caminando a sus aposentos baratos, estando menos seguro que el día anterior de que Janet se fuera a casar con Grenville. En cuanto a Harcourt, podía quedarse con Rose. Admitió para sí mismo que se había enamorado y, tras un cambio de perspectiva esperanzador, comenzó a pensar que tal vez algún día (aunque no sabía cuándo), alguien (no sabía quién) le ofrecería una posición mejor (no sabía dónde) y Janet podría vestir con asiduidad un vestido de muselina azul como el que había llevado aquel día. Justo cuando completó aquella visión tan dichosa, la criada tuerta llamó a la puerta y le dijo:

—Por favor, señor, la señora envía las facturas semanales.

Si hubiese sentido el gusto de Rachel por las citas, no podría haber evitado decir: «¿Y Médora?¿Aguarda acaso aún a su amante en la desierta isla? De pronto se estremece, el rostro vuelve y ve solo a Gulnara, ¡la homicida!».[56]

Siempre le había desagradado su Gulnara particular que, en la vida real, respondía al nombre de Keziah Briggs pero, aquel día, le pareció inusualmente homicida. Observó con desesperación los montones de facturas que siempre desprendían aquel olor a carne magra, pescado pasado y mantequilla rancia. Por supuesto, Janet no comería demasiado, pero incluso una chuleta de cordero más, un panecillo y una porción de mantequilla se notarían en los gastos diarios y, además, ella estaba acostumbrada a tener en casa todas las comodidades. El almuerzo en aquella casa era un festín en comparación con su cena ordinaria. Dejó de lado las facturas y tomó el diario *The Times* con la vaga esperanza de encontrar un anuncio solicitando un vicario a cambio de un buen sueldo, pero no encontró más que la petición de un coadjutor pobre que tenía nueve hijos y que necesitaba ropa de segunda mano y sellos postales. Valoró la idea de casarse con Janet a cambio de un pago de

[56] N. de la Trad.: Cita del Canto II de *El Corsario* (1814) de lord Byron. Médora es la amada mujer del corsario, Conrad. Gulnara es una sirvienta del pachá al que el corsario intenta derrotar. Para horror de Conrad, que quería una lucha justa, Gulnara asesina a sangre fría al pachá. Greydon aquí identifica a Médora con Janet y a Gulnara con Keziah Briggs, la sirvienta tuerta.

doce sellos y el abrigo y el chaleco de otro hombre para sí mismo. Además, ¿acaso podría esperar que aquellos a quienes la providencia había bendecido con grandes riquezas enviasen para Janet, en su momento de mayor necesidad, un vestido de muselina ligera de color azul con tres volantes que siguiera la última moda? No, sería una locura pensar en ella y, tras haber decidido que aquello era un hecho, no pensó en nada más durante las horas, que eran pocas, en las que no estaba ocupado con los elevados deberes de su vocación.

Capítulo 18

Lady Chester también tenía sus propias ideas sobre aquel asunto. Cuando el grupo de la cena se hubo dispersado, lord Chesterton le indicó con gentileza que aprobaba a sus invitados, lo cual fue un alivio para ella, ya que había temido que le hubiese molestado la falta de refinamiento o, más bien, de afabilidad, cualidad habitual en los círculos que él solía frecuentar. Pero no fue así. Pensaba que el capitán Hopkinson era un hombre agradable y bien informado, que las hijas eran hermosas y que la esposa era, a su manera, una mujer muy valiosa. Además, le pareció que el señor Greydon era especialmente caballeroso y le preguntó si era un buen clérigo.

—Uno de los mejores que he visto —dijo Blanche con entusiasmo—. Es infatigable en la escuela, el hospital y el asilo para los pobres. Debería venir un domingo para escucharle predicar; creo que se debería haber considerado la posibilidad de asistir a uno de sus sermones como una de las ventajas para alquilar Pleasance.

—¿Es el rector de Dulham?

—No, tan solo es el coadjutor; el rector está fuera por motivos de salud.

—Greydon siempre ha sido un buen tipo —dijo Arthur—, pero es el tipo de hombre que será un coadjutor pobre toda su vida y seguirá estando satisfecho. Nunca va a luchar por conseguir una situación mejor.

—Pero yo no espero que sea siempre un coadjutor pobre —comentó Blanche—. Lord Chesterton, usted siempre lleva en sus bolsillos todo tipo de cartas interesantes e información útil. ¿Está completamente seguro de que no lleva un buen salario escondido en ese bolsillo izquierdo del chaleco? O tal vez una colación, sea lo que sea eso. Parece algo agradable y muy ventajoso. Usted siempre le concede a su pequeña Blanche todo lo que le pide. Por favor, concédame una colación si lleva una consigo.

Lord Chesterton creyó que era necesario explicarle con un lenguaje muy técnico las diferencias entre una colación y un patrocinio[57] y ofreció un buen consejo al decirle a Blanche que le resultaría muy ventajoso estudiar para expresarse con mayor corrección, si utilizase siempre las palabras de forma precisa o en el número

[57] N. de la Trad.: En las leyes eclesiásticas inglesas, una colación (*advowson*) es cuando un terrateniente, poseedor de tal privilegio, nombra al rector de una parroquia que se encuentre dentro de sus dominios. Por el contrario, el patrocinio (*presentation*), es cuando un terrateniente presenta y patrocina la candidatura de un clérigo para una parroquia ante el obispado.

correcto y, sobre todo, si las ordenase de forma gramatical. Blanche se lo agradeció de tan buen humor y se rio de sí misma de forma tan enérgica que, cuando dio por concluidas sus disculpas con un «hablando claro, deseo una buena posición para el señor Greydon, ¿conseguirá una?», él se sintió inducido a decir que vería lo que podía hacer por ella. Más tarde, Blanche le señaló a Arthur que consideraba aquellas pocas palabras igual de buenas que una colación y casi tanto como un patrocinio.

Así pues, la velada acabó felizmente, pero la noche que la siguió no fue tan tranquila. A las cinco de la mañana, los Hopkinson se despertaron con el repiqueteo ruidoso de su timbre.

—¡Ya están aquí! —exclamó la señora Hopkinson, levantándose de un salto a causa del susto—. Ay, John, ¿qué vamos a hacer? Sabía que vendrían a por nosotros llegado el momento.

—¿Quién, Jane? —preguntó el capitán Hopkinson, que estaba medio dormido.

—Los ladrones, por supuesto. ¿Qué va a ser de nosotros? ¿Dónde está mi monedero? Siempre tengo un monedero listo para dárselo; hace que se pongan de buen humor. Ay, querido, cuánto ruido hacen. Además, actuarán como salvajes si les hacemos esperar —añadió después de que el timbre sonase con violencia una vez más—. John, John, no debes bajar a enfrentarte a ellos, te derribarán. Deja que vaya yo.

—No entiendo por qué debería dejar que vayas tú y te derriben a ti en mi lugar —dijo John, riendo—. Pero, querida, no hay peligro. Los ladrones no llaman al timbre y piden que les dejen entrar como si fuesen visitas matutinas. Debe de ser el policía.

—¡Pobre hombre! Me atrevo a decir que le habrán hecho la cabeza pedazos con una porra y que irá lleno de golpes y mordiscos. Pero, tal vez haya venido a decirnos que la casa está ardiendo —comentó la señora Hopkinson con un ataque repentino de alegría—. Eso no me importaría, cualquier cosa es mejor que los ladrones. Oh, John, no saques tanto la cabeza, hay hombres con la libertad condicional por todas partes. Sigue llamando a Thomas y a James y yo contestaré con voz ronca —dijo la señora Hopkinson, que estaba tan aterrada que casi no se la podía oír susurrar.

—Querida mía —dijo John, apartando la cabeza—, no hay nada de lo que preocuparse, es lord Chester. *Lady* Chester está a punto de dar a luz y quiere que vayas con ella.

—Así que se trata de eso —contestó la señora Hopkinson, que comenzó a vestirse en el momento—. ¡Ay, pobrecita! Claro que iré. Es muy amable de su parte y me tomo como un cumplido que vengan a buscarme. Ellos mismos son dos bebés, ¿cómo van a saber qué hacer con un tercero?

Así que, cuando lord Chester la saludó con la más humilde de las disculpas, descubrió que estaba sumida en un ataque de gratitud por haber sido apartada de su cama y asustada hasta volverse loca, y encantada de descubrir que podría poner a disposición de sus vecinos su experiencia como madre y comadrona a las horas más intempestivas.

Aquella mañana, Pleasance no mostraba su apariencia alegre habitual. La salita tenía el aspecto deplorable de una noche tardía propio de las habitaciones que no han recibido las atenciones de una doncella. Parecía que las sillas hubiesen estado bailando toda la noche y hubiesen arrugado sus fundas de cretona; daba la impresión de que los libros se habían caído de la silla durante un sueño y una partitura parecía haberse peleado con el piano en un intento de colocarse sobre el atril. Tan solo habían abierto un poco una de las contraventanas y, por ese hueco, se colaba un rayo en apuros que debería haber sido de luz pero que más bien se asemejaba al polvo.

Aileen, pálida y asustada, apareció en cuanto le dijeron que la señora Hopkinson había llegado y, de inmediato, condujo a su vecina escaleras arriba a toda prisa, explicándole que Blanche se había puesto de parto antes de lo que esperaban, por lo que la comadrona no estaba en casa. Arthur había pedido que fuesen a buscar al doctor Ayscough pero, mientras tanto, todos estaban muy nerviosos y Blanche creyó que se sentiría mejor si la señora Hopkinson estaba con ella, así que se habían tomado la libertad de pedirle que acudiese a ellos a semejante hora.

—Querida, no diga nada más. ¿Para qué venimos al mundo si no es para ayudarnos los unos a los otros? Me siento muy complacida de que su querida hermana, que Dios la bendiga, desee tenerme aquí con ella. Ahora, señorita Grenville, no se presente ante ella con ese gesto de miedo; no hay nada que temer. Muchos bebés llegan al mundo sanos y salvos, gracias a Dios, así que entre en la habitación con su sonrisa habitual y dígale que he llegado. Voy a quitarme el sombrero y, después, me quedaré con ella hasta que llegue el doctor.

La señora Hopkinson fue muy servicial. Encontró a Aileen todavía con lágrimas en los ojos y a *madeimoselle* Justine ofreciéndole a Blanche de vez en cuando una *tisane de fleur d'orange*[58] y aprovechando cualquier oportunidad para escabullirse y vestirse con la *petite robe de percale y un bonnet à barbes*[59] que había preparado para aquella ocasión en concreto y que no solo eran adecuados por sí solos, si no que eran tan apropiados que pensaba que incluso el médico y la comadrona se sorprenderían por su maravilloso buen gusto para vestir. Arthur estaba inquieto, caminando de un lado a otro de la habitación, y tan pronto miraba por la ventana y se preguntaba por qué no había llegado el doctor como le aseguraba a Blanche que se encontraba mejor y le pedía que le diese la razón lo que, dadas las circunstancias, era totalmente imposible y solo hacía que la pobre Blanche estuviera más nerviosa. Derrochando sabiduría, la señora Hopkinson hizo que saliesen todos de la habitación: a Justine le recomendó que se asegurara de que la cesta con los gorritos de bebé y el absurdo alfiletero donde se podía leer «Bienvenido, pequeño desconocido» estaban listos; a Arthur y Aileen los mandó a desayunar y les pidió que enviasen algo para ella. De aquel modo, hizo que la situación de la casa volviese a ser la de un día normal, lo cual resultaba relajante.

[58] N. de la Ed.: Flor de naranjo.

[59] N. de la Ed.: Un tipo de sombrero.

Una hora más tarde, Arthur volvió con gesto consternado: el doctor Ayscough había recibido un telegrama que le había enviado al otro extremo de Inglaterra y la comadrona no podía abandonar el lugar en el que se encontraba hasta mediodía.

—¿Qué vamos a hacer, señora Hopkinson? Esto es terrible. ¿Por qué necesitaba esa mujer de Yorkshire mandar un telegrama para que la visite nuestro médico? ¡Y qué egoísta es la mujer que ha retenido a la señora Smith! Ahora mi pobre amorcito no tendrá ni médico ni comadrona y morirá.

—Oh, no, no lo hará —dijo la señora Hopkinson, casi riendo—, a menos que usted se lo meta en la cabeza. Espero ser una comadrona tan buena como cualquier otra del reino. Será mejor que llamen al señor Duckett. Es cierto que no se le puede comparar con el doctor Ayscough, pero en Dulham es un hombre respetado y no nos vendrá mal tenerlo en casa.

El señor Duckett siempre había pensado que Blanche debería haber estado a su cargo. Había visitado Pleasance en alguna ocasión y, durante la última semana, su sueño había sido inusualmente ligero y su atención al sonido de la campanilla nocturna incansable, por lo que llegó allí de inmediato. *Lady* Sarah llegó desde Londres y, al fin, la importante señora Smith apareció en una diligencia que estaba casi oculta bajo una masa de baúles y cajas de sombreros. La duquesa de Saint Maur les hizo una visita temprana para hablar sobre el ajuar de Aileen y, por supuesto, se quedó para enterarse del desenlace del parto. Todos estaban más o menos agitados y era curioso, teniendo en cuenta que el nacimiento de un bebé no es algo demasiado inusual, ver el interés que despertaba el nacimiento de un pequeño Chester. *Lady* Sarah dejó de lado su labor y, junto con Aileen y la duquesa, susurraron y lloraron, hablaron y rieron, bebieron té y café a horas extrañas, se vistieron con *peignoirs*[60] y, como las comadres de Shakespeare, se dedicaron a chismorrear. Arthur subía y bajaba las escaleras de forma incesante; aquel día, seguir su rutina habitual hubiese sido para él un descanso. Intentaba bromear con Duckett sin mucho éxito sobre el nerviosismo sin sentido de las damas que, comparadas con él, eran un ejemplo de tranquilidad. Duckett adoptó una actitud majestuosa de compostura; cada media hora decía que todo iba de maravilla y, después, intentaba animar a lord Chester con alguna anécdota terrible sobre sus operaciones que, en el mejor de los casos, le hubieran hecho estremecerse pero que, ahora que estaba nervioso y asustado, hacían que se sintiera como si se estuviese sometiendo de verdad a la intervención que le describían. Estaba seguro de que nadie había tenido nunca una esposa como la suya y que ninguna mujer había soportado tantas cosas con semejante fortaleza. Pasaba de *lady* Sarah a la duquesa para que le tranquilizasen y, cuando su experiencia maternal no era suficiente para consolarle, se dirigía a Aileen. En cuanto a las dos o tres palabras bruscas que, de vez en cuando, la señora Hopkinson tenía tiempo de ofrecerle, las aceptaba como si fuesen un oráculo del cielo.

[60] N. de la Ed.: Batas o albornoces.

Al fin les llegó el susurro alegre de «es un niño precioso». Puede que aquel fuese el único momento de la existencia de cualquier niño en el que su presencia era más agradable que su ausencia, así que era mejor que lo aprovechase. Sin embargo, si a lo largo de toda la vida de una mujer había un momento de felicidad más entusiasta, dichoso y brillante que todos los demás, ese era en el que el marido que había elegido le daba las gracias por su hijo primogénito.

—Le doy gracias a Dios, mi amor —susurró Blanche con gratitud sincera—, por no haberme separado de ti. —Mientras Arthur la apretaba contra su pecho, le daba las gracias con lágrimas en los ojos por ser tan paciente y tan buena, la bendecía no tanto por ser la madre de su hijo, si no porque todavía era suya, su esposa, su Blanche, ella sintió que la vida era, sin duda, lo más valioso—. Hubiese sido muy duro morirme —murmuró—, no podría haber dejado a todas estas personas. —Y dicho esto, besó las manos de su tía, su hermana y su amiga y, mientras escuchaba una plegaria de agradecimiento que Aileen leyó arrodillada junto a la cama de su hermana, de los ojos le cayeron lágrimas silenciosas de agradecimiento.

Así acabó el punto álgido de la escena pues, en ese momento, la ajetreada señora Smith asumió sus responsabilidades.

—Vamos, vamos, debemos dejar de lado todo esto de leer, hablar y llorar tanto. Ahora, mi señor, le agradecería mucho que se marchase y debo ser directa y echar a todas las damas de la habitación con excepción de esta buena mujer —añadió, volviéndose hacia la señora Hopkinson, cuya experiencia le había inspirado confianza—. Señorita Grenville, ¿podrá asegurarse de que no haya ruido en las escaleras? Si se marcha, cerraré la puerta tras usted, mi señor.

—Debo ir a ver a mi padre, que está en el piso inferior —dijo Arthur—. Está encantado con su nieto, Blanche.

—¡Oh! ¿No puedo verle un instante antes de irme a dormir por esta noche? —preguntó la mujer.

—Cielos, no, mi señora, bajo ningún concepto —dijo la señora Smith, sonrojándose como si la sola idea fuese una afronta personal—. Con tanta certeza como que estoy viva, le aseguró que aquí no se dirá ni una sola palabra más en esta noche dichosa. Dígale al papá de *lady* Blanche, mi señor, que su señoría le desea buenas noches y lamenta mucho no poder verle. No, desde luego, nada de abuelos ahora mismo —murmuró mientras se movía afanosamente por la estancia, estableciendo esa especie de silencio susurrante e inquietante que es el resultado peculiar de los esfuerzos de una comadrona y que es, aunque resulte extraño, menos irritante para los nervios de un enfermo que el silencio total de cualquier doncella más gentil.

Lord Chesterton estaba sumamente satisfecho con el nacimiento de su nieto, ya que Arthur era el único heredero de aquel título tan antiguo que tenían y de su extensa hacienda, dos posesiones que valoraba casi por igual. Le habían dado la noticia mientras estaba en la Cámara de los Lores y abandonó aquella animada reunión para poder viajar hasta Pleasance antes de que se culminara el debate sobre la pesca de arrastre o con cerco de los arenques. Aquello suponía una negligencia de su deber público que le pesaba en la conciencia, pero intentó expiar su pecado llenando su carruaje de cajas rojas llenas de minutas sobre algún hospodar[61] o declaraciones sobre las injusticias cometidas por Dedarkhan Bux en el famoso caso de las asignaciones de Munnydumdum[62]. Las figuras públicas, incluso hoy en día, mantienen la farsa de decir que leen todos esos papeles. Sin embargo, el interés absorbente que poseían no evitó que lord Chesterton se uniera con entusiasmo al regocijo privado de Pleasance.

—Ojalá hubieras podido ver a mi padre —le dijo Arthur a Blanche más tarde—. Creyó que ver al bebé era lo correcto, ya que piensa en él como en un joven conde o un secretario de Estado lactante. Sin embargo, le daba miedo tocarlo, así que se contentó con acariciarlo con un extremo de su estuche dorado y con asegurarle a la señora Smith que era un niño muy precioso y que esperaba que le dispensase el mejor de los cuidados puesto que su vida era de una importancia inmensa. A juzgar por la profundidad y la cantidad de reverencias que ha hecho la señora Smith, ha debido hacer cumplir sus recomendaciones con argumentos más lucrativos.

[61] N. de la Trad.: Antiguos príncipes soberanos de Moldavia y Valaquia.

[62] N. de la Trad.: Nuevamente, Munnydumdum es un lugar que no existe. En este caso, podemos aventurar que se encuentra en la India, ya que el término en inglés que se ha traducido como «asignaciones» es «*jaghire*», que se refería específicamente a las asignaciones a una persona de los beneficios de un distrito de la India.

—¿Se ha portado bien el bebé? —preguntó Blanche con tanta honestidad como si el bebé hubiese pasado sus seis horas de vida estudiando en profundidad todos los deberes de un hombre.

—Bueno, dio una sacudida curiosa de la barbilla que no fue muy apropiada, pero mi padre se lo tomó a risa. Blanche, me pidió que te dijera que cree que, para cuando puedas verle, tendrá buenas noticias para ti.

—¡Oh, Arthur, seguro que se trata de una posición mejor para el señor Greydon! Imagínate que no acaba haciéndole una proposición a Janet después de todo. Eso sería alarmante.

Capítulo 19

Sin embargo, en aquel momento, no había peligro de que aquello ocurriese. Hasta hacía poco, el señor Greydon había reprimido con tanta diligencia cualquier intención de enamorarse o cualquier posibilidad de casarse que, ahora que por fin había admitido la idea, se entregó a ella con su habitual energía. Decía que era curioso cuán a menudo se encontraba con el capitán Hopkinson y sus hijas cuando iba a pasear, que debía de tener que ver en cierto modo con el destino. Sin embargo, ese destino consistía en que miraba por la ventana, desde la que se veía parte de la otra casa, esperaba hasta que salían y, entonces, andando muy rápido, o bien les adelantaba o bien se encontraba con ellos. En cualquiera de los casos, de nuevo gracias al destino, siempre tenía alguna tarea que cumplir relacionada con la parroquia en la misma dirección a la que se dirigían. Por otro lado, afirmaba tener tanto interés en *lady* Chester y su bebé que solo podía quedar satisfecho con los relatos detallados de la señora Hopkinson, que pasaba mucho tiempo en Pleasance, así que, si resultaba que estaba en casa, el capitán Hopkinson le recibía y le llevaba a la salita donde hablaban del colegio y, a veces, interpretaban algo de música. En general, si los ingresos del señor Greydon hubiesen aumentado de forma proporcional a su pasión, hubiera habido una señora Greydon en muy pocas semanas. El capitán Hopkinson se dio cuenta de lo que ocurría y se abstuvo de interferir. Suponía que si la gente joven se gustaba, acabarían encontrando la forma de salir adelante: cuando Jane y él se casaron, no ganaban más de cien libras al año y ahora tenían más dinero del que podrían gastar. Tal vez el señor Greydon le pidiese la mano de su hija y quizá se sorprendiera al descubrir que la pequeña Janet aportaría una parte justa para los gastos de una familia. Mientras tanto, podrían verse todo lo que quisieran.

Willis no se hubiera fijado antes en si alguien hablaba con sus cuñadas o no, pero en su espíritu sumamente melancólico se había producido un cambio. Se fijaba más en lo que ocurría a su alrededor y menos en sus propias quejas insignificantes. Al parecer, había estado comiendo con los Sampson o visitándolos a menudo y hablaba de la necesidad de ofrecer una gran *fête* en Columbia Lodge para devolverles la cortesía que ellos le habían mostrado. Para gran sorpresa de Janet y Rose, anunció que había mandado que afinaran el piano en el que la pobre Mary solía tocar cancioncillas que sonaban como el llanto de un pardillo al cambiar de plumaje.

—Y si estáis dispuestas a cantar, niñas, será un gran regalo para… para la baronesa —añadió con su antiguo tono quejumbroso.

Las niñas se sintieron halagadas por que Charles pensase que su canto era un regalo para alguien. También fueron lo bastante agudas como para adivinar lo que significaba aquella pausa en la frase y cuando, poco después, se anunció la llegada de la señorita Monteneros, algo que podría pasar por vivacidad en la forma de actuar de Willis confirmó sus sospechas. Últimamente, Rachel había ido a visitarlas a menudo; a veces, con regalos para los pobres que figuraban en una lista que Janet había elaborado; a veces, con un humor cambiante que, según les aseguraba, solo podía desvanecerse si lo hablaba con ellas; a veces, cargada de comentarios irónicos y tomándose la vida como una farsa. Sin embargo, cualquiera que fuese el estado de ánimo del día, el pequeño Charlie siempre era el centro de sus atenciones.

El niño se había encariñado con ella desde el primer día que la vio y Rachel, que había experimentado tan poco afecto, se sintió sinceramente conmovida por el cariño tosco que le mostraba. El suyo era un cariño apasionado, se convirtió en su esclava por voluntad propia, le contaba historias raras y divertidas y le hablaba con seriedad y sinceridad, como si ambos entendiesen el mundo y al otro mejor que cualquier otra persona. No hay nada que le guste más a un niño, y además tratándose de un niño enfermo, que el hecho de que lo traten como si fuera mayor. Charlie se sentaba en las rodillas de Rachel con los ojos llenos de admiración fijos en ella mientras la joven fantaseaba con campos verdes y convertía las nubes blancas y esponjosas que surcaban el cielo de un azul brillante que había sobre sus cabezas en tropas de ángeles a cuyos vuelos otorgaba destinos maravillosos. Entonces, Charlie decía con solemnidad: «*Chi, muy sierto, tita Rachel*» y agitaba la cabeza con un aire de sabiduría precoz que a ella le encantaba.

—No, no agites esos ricitos de muñeco frente a mí porque, además, son unos ricitos tan preciosos... Y ahora, Charlie, tus tías han recibido más visitas a las que tienen que atender —susurró cuando anunciaron la llegada del señor Greydon—, así que tú y yo iremos a sentarnos a la sombra en el jardín de la abuela y te contaré una historia muy graciosa sobre un gatito. —Tras hacerles un gesto con la cabeza a las niñas, se lo llevó de allí.

Willis parecía nervioso y no se entregaba a las conversaciones con su habitual aspereza y, tras un momento, él también desapareció en dirección al jardín. Allí descubrió que Charlie sufría un ataque de risa gracias a las palabras extraordinarias y las aventuras del supuesto gatito.

—Va usted a malcriar a mi hombrecito, señorita Monteneros —dijo, contemplando al niño mientras sacudía la cabeza con gesto amenazante.

—¡*Oh, nunca agites ezos ricitos de muñeco frente a mí*! —dijo el niño.

—Nunca había visto un niño tan encantador —comentó Rachel—. Solo le he dicho eso una vez. ¡Es muy listo!

—Ay, sí, pobrecito mío —dijo Willis, volviendo a agitar sus «rizos de muñeco» con la intención de insinuar el muy probable fin de aquella precocidad temprana.

—Charlie, querido, ve a buscar unas cuantas margaritas para mí y te haré un collar precioso. Le he mandado lejos, señor Willis, porque quiero rogarle que no hable de esa forma tan desalentadora sobre su salud cuando esté presente. Es lo bastante mayor o, al menos, lo bastante listo, como para entender hasta cierto punto sus premoniciones. Ya sé que me estoy tomando muchas libertades al decir esto —añadió de la forma más gentil posible—, pero usted aprecia mucho a su hijito y estoy segura de que me perdonará.

—Más que eso —contestó el señor Willis, que parecía muy complacido—, siento que estoy muy en deuda con usted. Sé que debería ocultar mi melancolía habitual de las observaciones sobre este niñito.

—Desde luego —dijo Rachel—, y de todos los demás también. No hay mucho mérito en soportar el dolor de forma tan seria y, desde luego, no hay demasiado encanto en la melancolía habitual, sea real o ficticia.

—Espero, señorita Monteneros, que no sospeche que soy falso.

—¿No lo es? Bueno, no lo sé, yo misma soy muy falsa, una actriz habitual, pero siempre he pensado que usted me superaba en ese sentido. Ya sabe, señor Willis, que Hamlet decía que «el negro de este manto, los interrumpidos sollozos y la dolorida expresión del semblante»[63] son cosas que un hombre puede aparentar, pero que no muestran quién es en realidad. ¿Qué razones de peso tiene usted para semejante muestra de aflicción?

Willis permaneció quieto. Difícilmente podía alegar ante Rachel, de quien estaba muy enamorado, que todavía se sentía inconsolable por la pérdida de una esposa de la que se había preocupado más bien poco mientras estaba viva y, cuando pensaba en qué otros pesares tenía, de algún modo se sentía incapaz de recordarlos en el momento, así que murmuró algo sobre una casa solitaria, la salud de Charlie, una gran pérdida y una tendencia natural a prever lo peor.

—Desde luego, eso es mala suerte —dijo Rachel—. Mucha gente diría que se trata de un defecto. Sin embargo, la salud del querido Charlie mejora cada día, así que ahí tiene un rayo de felicidad. Con aquel grupo de gente amable y alegre que acabamos de dejar, que le trata como a un hijo y un hermano, siempre puede encontrar un hogar que no sea solitario. Con respecto a su gran pérdida, por la que le compadezco de todo corazón, el tiempo ha tenido que cicatrizar las heridas un poco y, en cuanto a la cantidad de veces que hace referencia a ella, hace tiempo que quería decirle que... Pero no, no tengo derecho a hablar —añadió, tratando de regresar a su habitual actitud despreocupada—. De todas las personas del mundo, soy la menos indicada para dar buenos consejos.

[63] N. de la Trad.: Cita extraída de varios versos del Acto I de *Hamlet* (1603) de Shakespeare.

—No, no lo es —dijo Willis con mayor entusiasmo del que solía mostrar—. ¿Qué era lo que deseaba decir?

—Tan solo lo que el cuáquero le dijo a la duquesa de Buckingham cuando la encontró en una habitación oscura, dos años tras la muerte de su esposo, vestida de negro: «Amiga, ¿todavía no has perdonado a Dios todopoderoso?».[64] Y ahora, debo ir a buscar a Charlie y sus margaritas —concluyó Rachel, alzándose con rapidez y escapándose de allí, puesto que su propia osadía la había asustado un poco.

Sin embargo, Willis la siguió en aquella dirección, estupefacto por aquel último golpe de sabiduría, un poco avergonzado por lo bien que comprendía su carácter, pero muy halagado por el interés que ella parecía tener en su felicidad y sin ser consciente en absoluto de que Charlie estaba tras toda aquella conspiración contra sus quejas. Rachel no había elegido que el niño se sentase junto a la flor marchita que era Willis y tampoco pensaba que la flor tuviese ningún derecho a marchitarse con un rayo de sol como era Charlie brillando sobre él.

—Señorita Monteneros —comenzó a decir—, espero que me permita agradecerle el consejo que me ha dado y le ruego que me permita asegurarle…

[64] N. de la Trad.: Esta anécdota del cuáquero y la viuda parece estar relacionada con diferentes sermones religiosos sobre el versículo Juan 11:32 de la Biblia y la necesidad de enfrentarse a los problemas con alegría. La identidad de la viuda varía en las diferentes versiones: a veces no tiene nombre, otras es la duquesa de Buckingham y otras la duquesa de Beaufort.

—¡Oh! —le interrumpió Rachel—. Si no le he ofendido, estoy más que satisfecha. Ahora voy a hacer el collar de margaritas. Papá no debería interrumpirnos, ¿verdad, Charlie? Eso está decidido.

—*Está dicidido* —dijo Charlie con mucha energía—. *Papá, po' favoh, vete.*

—¿No va a hacer lo que le pide Charlie? —preguntó Rachel, sonriendo, tras comprobar poco después que Willis seguía de pie junto a ellos.

—No voy a marcharme —contestó él de mala gana—. Señorita Monteneros —añadió tras una pausa—, parece tener mucho interés en mi niñito.

—No podría interesarme más; Charlie y yo somos amigos íntimos.

—*Sí zomos* —contestó Charlie—. *Muy íntimoz*.

—¿Y no podría extender esa amistad también a su padre?

—No soy muy dada a las amistades —replicó ella de forma despreocupada, más atenta a unir las pulseras de margaritas en torno a las muñecas del niño que a los comentarios de su padre—, pero si hubiese sido amiga suya desde hace veinte años, no podría haberle dicho verdades más groseras y desagradables que las que le he dicho hoy. Puedo decirle otras tantas de nuevo si esa prueba de amistad le satisface —añadió, riendo.

—No, no lo hará —contestó él con cierto ánimo—. Le estoy pidiendo algo más. Las verdades que me ha dicho no son desagradables ya que proceden de usted, y espero que se dé cuenta de que no las ha dicho en vano. Cuando me dice que sea más alegre, cuando dice que mi hogar podría ser feliz, usted, señorita Monteneros, tiene el poder de comprobar su propia profecía. —Rachel alzó la mirada con un gesto de intensa sorpresa—. Usted le tiene mucho cariño al niño. Ay, señorita Monteneros, deje que encuentre en usted la madre que ha perdido. Tiene en su poder la posibilidad de hacer feliz tanto al niño como al padre.

—Oh, señor Willis, ¿qué está diciendo? Espere un momento… —Hizo una pausa y, para gran estupefacción de Willis, estalló en grandes carcajadas—. Le pido disculpas —añadió—, pero no imaginé que todas las exhortaciones que le he hecho fuesen a desembocar en un final feliz en el que usted me pide que sea su esposa. De todos los métodos para ser infeliz que tanto le gusta probar, no podría haber inventado uno que con tanta seguridad vaya a producir el final infeliz que desea. Supongo que no hay dos personas en Inglaterra menos adecuadas la una para la otra como nosotros. Para empezar, no nos apreciamos; pero, además, ahí está usted, todavía de luto riguroso y abiertamente desconsolado por la pérdida de su primera esposa, pidiéndole a una mujer que no se parece a ella en ningún aspecto que sea la segunda.

—Pero Mary no encajaba conmigo —titubeó el infeliz Willis—, no hubiera podido amarla. Es cierto que era amable, pero no tenía el encanto o el poder que tiene usted, señorita Monteneros. Usted le otorgaría a mi hogar un interés que jamás ha tenido, y en cuanto a la melancolía…

—No diga nada más, señor Willis —dijo Rachel con seriedad—. Difícilmente puede esperar que hubiese aceptado su proposición bajo cualquier circunstancia y nos conocemos tan poco que mi rechazo no puede causarle demasiada pena. Pero piense en la proposición que me está haciendo: usted ha buscado compasión en cada rincón, ha exhibido su pesar en todas partes y, aun así, me dice que la Mary cuya pérdida ha lamentado de forma tan ostentosa no encajaba con usted, que no hubiera podido amarla. ¡Ay! ¿Cuál es la verdad? ¿Dónde voy a encontrarla? Puedo soportar la falsedad en las frivolidades y los ornamentos del mundo pues, a fin de cuentas, todo es falso y cruel por sí mismo, pero el dolor debería ser tan sincero como es sagrado. La falsedad en ese aspecto me horroriza y me repugna. —Estaba temblando de indignación pero, mientras hablaba, alzó a Charlie y tal vez la visión de sus ojos anhelantes y el roce de su manita la ablandaron, ya que se volvió y dijo—: Quizá he sido demasiado dura, pero nunca debemos hablar de los muertos con ligereza. Además, también era la madre de Charlie, no diga que nunca la amó.

Dicho esto, se marchó, dejando a Willis muy avergonzado, con su arrogancia más hundida de lo que nunca hubiese creído posible y, aún así, con una percepción de la grandeza y la nobleza de la verdad que le otorgaba una altura de sentimientos que, hasta entonces, jamás había sentido.

Rachel dejó a Charlie con sus tías y volvió a casa paseando a medio camino entre el enfado y la diversión por lo que había ocurrido. «Eso me pasa por dar consejos —pensó—. Nunca sale bien, pero lo he hecho por Charlie y, dado que ese hombre no tiene realmente esos sentimientos, no le habré causado demasiado daño. Ojalá el pequeño Charlie no hubiese sido tan gracioso e inteligente con los "rizos de muñeco", pues ha hecho que desease ser su madre; pero, desde luego, no podría casarme con el pobre señor Willis solo con la fuerza de ese argumento».

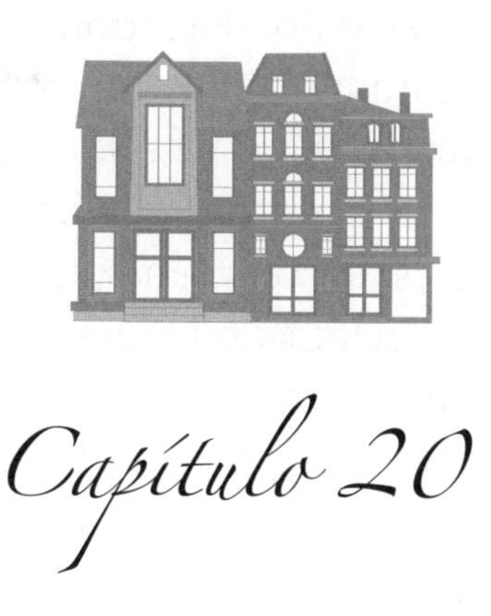

Capítulo 20

La señora Hopkinson había terminado sus deberes como cuidadora de Blanche, a quien había conquistado gracias a su incansable amabilidad y que la veía como un manantial de sabiduría sobre los bebés en general y su preciado bebé en particular. Como prueba de que el tacto, que es otra forma de referirse a la consideración por los sentimientos de los demás, es compatible con los modales poco refinados, cabe mencionar que la señora Hopkinson y la matrona se despidieron sin haber tenido una sola disputa e incluso con el reconocimiento de la señora Smith, que había afirmado que «esa buena mujer sabe muy bien lo que hace y, considerando el estado delicado de *lady* Chester y lo poco que sabe sobre la maternidad, es una bendición que haya tenido a la señora Hopkinson para cuidarla».

Lord Chesterton había informado a Blanche de que, por una feliz coincidencia, el puesto de rector de Chesford, su propia parroquia, había quedado vacante pocos días después de que ella le hubiese transmitido sus deseos sobre el señor Greydon. Así pues, ambos decidieron que, durante la muy importante celebración del bautizo de Albert Victor Chester, Blanche tendría el placer de anunciarle al señor Greydon su ascenso.

Había vuelto a establecerse en su sofá del jardín y en Pleasance se habían retomado los antiguos hábitos. A menudo invitaba a Janet y Rose a que se sentaran con ella; el señor Harcourt y su batanga volvían a navegar por el río y en torno a Rose; el señor Greydon visitaba a Arthur a veces con alguna excusa y otras sin ninguna que no fuese el destino y, por como trataba a Janet, Blanche llegó a la agradable conclusión de que, al otorgarle una mejor posición, estaría regalándole a su pueblo un pastor excepcional y, al mismo tiempo, saldando parte de la deuda de gratitud que había contraído con la familia Hopkinson.

Los Sampson seguían ofreciendo sus cenas elaboradas y espléndidos *déjeneurs*[65] y, dada la cantidad de párrafos dedicados a lo que la baronesa había dicho, hecho, dado o recibido, casi parecía como si el *Noticiario de la Corte* mantuviese un corresponsal especial para ellos. El barón era alguien con más dinero y más magníficamente humilde que nunca. Sin embargo, cabía desear que los invitados de la baronesa encontrasen mayor deleite en su hospitalidad que ella misma, ya que siempre se mostraba o bien irritada y abatida, o bien en un estado de buen humor desquiciado. Además, parecía tan enferma que Rachel sugirió que fuese a visitar a algún médico.

[65] N. de la Ed.: Almuerzos.

—No entiendo lo que quieres decir —dijo su tía con malos modos—. Estoy segura de que con todas mis fiestas y *fêtes*, así como todos los lujos que me rodean, sería extraño que quisiera quejarme a un doctor. ¿Qué crees que me aflige, Rachel?

—Eso es lo que quiero saber, tía Rebecca. No tiene buen aspecto y tal vez el doctor Ayscough...

—No me hables del doctor Ayscough; resulta muy extenuante y nunca le da importancia a ninguno de mis síntomas o, de hecho, a nada de lo que digo.

—Bueno, dicen que el señor Duckett es inteligente y le tenemos cerca; ha estado atendiendo a *lady* Chester.

—No, gracias, no voy a confiarle mi salud a un boticario de pueblo. Eso estará bien para los Chester, ya que supongo que, mientras lord Chesterton viva, son tan pobres como las ratas. Creo que, con toda nuestra riqueza, podría permitirme un médico.

—¿Quiere que le escriba a alguien por usted? Esos dolores de cabeza fruto de los nervios...

—De verdad, Rachel, debo rogarte que no te dejes llevar por semejantes fantasías. ¿Qué haría que estuviese nerviosa? Yo, que soy famosa por mi buen humor. —Al decir esto, la baronesa rompió a llorar y se puso casi histérica. Rachel le administró los habituales remedios y, después, en silencio, comenzó a elaborar un arreglo floral—. Bien —prosiguió la baronesa—, debo decir que te tomas las cosas con frialdad. Dado que me has causado este ataque, bien podrías pedir ayuda. Supongo que será mejor que le escribas al doctor Ayscough para que venga, pues debo volver a ser yo misma para el miércoles. Ese día celebraremos la última y mejor de nuestras fiestas —añadió con una sonrisa abominable.

Así pues, convocaron al médico, a quien la baronesa recibió con sus habituales muestras de gracia que, generalmente, no tenían ningún efecto sobre él. Sin embargo, aquel día pareció estudiar su aspecto con atención y soportar sus afirmaciones inconexas con una paciencia poco usual.

—Realmente no tengo nada que decirle, querido señor, solo tengo un pequeño dolor de cabeza. Ya sabe que soy una criatura muy sensible y creo que el viento sopla del este. Siempre me parece sentir un viento del este *jusqu' au bout des doigts*,[66] y creo que he vivido alegrías desmedidas. Necesito descansar y un cambio de aires. El barón quiere adquirir un páramo magnífico. ¿Cree que las Tierras Altas me sentarían bien?

—¿El barón está pensando en marcharse pronto?

—Oh, casi de inmediato —contestó ella, dubitativa—. Dice que quiere hacer un viaje a Escocia para ver el lugar antes de comprarlo y casi me temo que no estará aquí para recibir a sus amigos el próximo miércoles. El 12 de agosto está muy cerca.

—Así que usted está haciendo preparativos de antemano y el barón Sampson se zafará de sus amigos el miércoles. —El doctor Ayscough notó cómo el pulso de la muñeca le daba un salto repentino—. Bueno, no veo por qué el viaje debería suponerle ningún daño, y un cambio de aires y de paisaje le vendría bien, ya que está nerviosa.

[66] N. de la Ed.: Hasta las yemas de los dedos.

—No lo estoy. No entiendo por qué a todo el mundo se le ha metido en la cabeza que sufro de nervios. ¿Qué razones podría tener yo para estar nerviosa?

—Eso debe decírmelo usted —contestó él—, yo tan solo puedo aseverar el hecho en sí; no me inclino a aportar razones de por qué enferman las damas refinadas de Londres como usted.

La baronesa se sintió tan encantada al descubrir que aquel médico tan distinguido la incluía entre las damas refinadas que mejoró al instante y, mientras el doctor Ayscough le extendía una receta, intentó charlar un poco sobre los Chester. Lamentó las privaciones que les imponía la pobreza con la que ella les había dotado en su imaginación y comentó que creía que *lady* Chester había pedido que fuesen a buscar al boticario del pueblo cuando dio a luz y que, como matrona, dependió del buen hacer de una tal señora Hopkin, o algo así, que era vecina suya.

—No hay duda de que está bien que la gente joven no se endeude, pero no me imagino teniendo que soportar una atención de segunda. El barón no lo permitiría aunque se lo pidiera; siempre dice: «No debes tener nada de segunda fila, baronesa; puedes obtener cualquier cosa que el dinero pueda comprar, siempre que sea de la mejor calidad».

—Desde luego, si el dinero puede comprar a alguien como la señora Hopkinson —comentó el doctor Ayscough secamente—, es que puede lograr más cosas de las que suponía. La señora Hopkinson ha sido una buena amiga para *lady* Chester que, durante diez días y de forma constante, ha necesitado muchos cuidados.

Ahora tiene a esas niñas tan atentas que la entretienen y que cantan para ella durante su convalecencia. Deben de resultarle unos vecinos muy agradables, baronesa.

—Ay, querido, soy una persona demasiado insignificante como para que las señoritas Hopkinson me tengan en cuenta. Solo les satisfacen las duquesas y vizcondesas. Por mera bondad, las hubiera presentado en sociedad en mis *déjeuners*, pero no merece la pena que hablemos de ellas. Cuénteme alguna noticia, doctor Ayscough, ya que usted siempre está al tanto de los últimos acontecimientos en Londres.

—Por desgracia, he estado fuera de la ciudad la mayor parte del día, así que no puedo ofrecerle ningún cotilleo. Ha habido otras dos grandes quiebras en la ciudad. Me pregunto cómo acabarán esas crisis financieras.

—¡Dos más! —dijo la baronesa débilmente—. ¿Recuerda sus nombres? No es que vaya a saber mucho más aunque me los diga —añadió con una risa forzada—. Por suerte, el barón no se junta con todos esos especuladores.

—Sé que una de ellas ha sido la de los Corban. —La baronesa palideció—. De la otra me he olvidado, aunque he oído que también estaban relacionados con los Corban.

—¡Ah, claro! Bueno, su tiempo es valioso, así que no debo retenerle. De hecho, ha sido absurdo molestarle. Me encuentro muy bien —se dejó caer de nuevo en su silla, casi desmayándose.

El doctor Ayscough esperó un par de minutos y, después, añadió con amabilidad:

—Tiene algo en mente que le preocupa. —Ella agitó la cabeza, pero tenía el rostro lívido y la mano que extendió en su dirección temblaba—. ¿Sería un alivio para usted si me contara lo que le preocupa? No piense que voy a traicionar su confianza.

Ella le miró fijamente y, entonces, las lágrimas asomaron a sus ojos. Sin embargo, de pronto pareció hacer un gran esfuerzo para calmarse y, con una risa que resultaba más inquietante que sus lágrimas, dijo:

—Todo está muy bien. ¿Qué preocupaciones podría tener? Tal vez que puede que llueva el miércoles y se estropee mi espectáculo de fuegos artificiales. Buenos días. Supongo que es imposible convencerle de que honre nuestra fiesta con su presencia.

—Bastante imposible, sí —contestó él—. Buenos días.

«Siempre pensé que era muy probable que el barón Sampson fuese un canalla —pensó mientras se subía al carruaje—, y ahora estoy seguro de que lo es. Se marchará antes del miércoles y ella afrontará todo hasta el final con descaro».

Tras la partida del médico, la baronesa le dijo a Rachel que él se había reído mucho ante la idea de que pudiese estar nerviosa, que pensaba que era perfectamente capaz de viajar a las Tierras Altas y que le había recomendado que diese sus paseos habituales. Así que, como era probable que se marchasen a Escocia en pocos días, pensó en ir a la ciudad para depositar sus diamantes y joyas en el banco y, así, dar órdenes también para que empaquetasen cualquier cosa que quisiera tener en Lochingar.

—Me temo que la casa es pequeña para todo nuestro personal y casi dudo, mi querida Rachel, que vayas a tener tan buenos aposentos como cabría desear.

—Gracias, tía Rebeca, no se preocupe por mí. Siempre había querido decirle que, cuando dejen esta casa, tal como dicen los tenderos, montaré mi propio establecimiento. Estoy muy agradecida con usted y con mi tío por... —Rachel dudó. Sabía que la gran cantidad de dinero que se había provisto para ella durante su minoría de edad la había salvado de sobra de necesitar cualquier favor económico y, además, tampoco había encontrado afecto entre ellos. Aún así, añadió—: Por el hogar que me han proporcionado, pero ahora debo intentar ver qué puedo hacer por mí misma.

—¿Y se dignará una joven tan independiente a contarme sus planes para el futuro? Creo que deberías haberme consultado, si *ce n'était que pour la forme*[67] —dijo la baronesa que, por muy deseosa y ansiosa que estuviese de librarse de una sobrina que era más joven y más guapa que ella y que era adicta a decir verdades directas, estaba resentida por la facilidad con la que se deshacía de su unión.

—En primer lugar, estoy pensando en ir a la costa. Mi antigua institutriz se alegrará de pasar las vacaciones conmigo y, además, al niñito tan delicado del señor Willis le han recomendado que se bañe en el mar, así que, si los Hopkinson me lo permiten, lo llevaré conmigo.

—Juro que eso es un gran halago para el melancólico Jacques, tal como decidisteis llamar a mi amigo,

[67] N. de la Ed.: Aunque solo sea por cortesía.

el señor Willis. Bueno, no hay nada en el mundo que me sorprenda, pero debo decir que me cuesta entender que prefieras a ese hombre nostálgico después de haberte acostumbrado a la compañía de Moses, que es ingenioso, vivaz y tiene un aire distinguido. —Pobre querido Moses, con sus bromas vulgares y su aspecto ostentoso—. No es que Moses sea un hombre que quiera casarse, no vayas a hacerte esa idea; pero estoy segura de que Willis todavía está demasiado entregado a la memoria de su primera esposa como para pensar en una segunda, así que no tienes ninguna oportunidad.

—¡Qué angustiante! —dijo Rachel—. Sin embargo, será interesante sentarme en una roca y añorarlos a ambos o a ninguno de ellos.

Supón que estoy frente a la playa;
los brazos abiertos, el pelo danzando en el viento,
salvaje como el desierto. A mi espalda,
imagina la desolación. Mira, mira,
tía Rebecca,
la vida miserable de esta pobre visión.[68]

Rachel sabía que una buena cita siempre sacaba de quicio a su tía, y su vívida representación de la miseria de Aspasia tuvo el efecto deseado, pues la baronesa se quedó muda de perplejidad y abandonó la sala limitándose a decir:

[68] N. de la Trad.: Cita basada en la obra de teatro *The Maid's Tragedy* (1619) de Francis Beaumont y John Fletcher.

—Bueno, en cualquier caso, no es probable que Moses te moleste.

—No, supongo que no. No después de lo que le dije la semana pasada —comentó Rachel, que sabía por su primo que su madre le había incitado a agotarla a fuerza de hacerle proposiciones constantes. De aquel modo, tía y sobrina se separaron.

«¡Cielos! Que desagradable soy cuando estoy con mi tío o mi tía —pensó Rachel—. Diría que del todo detestable y, sin embargo, cuando estoy con esas niñas o el pequeño Charlie, puedo ser tan buena como el pan y tan mansa que incluso aquel pequeño puede manejarme. Creo que las malas cualidades son tan contagiosas como el sarampión».

Capítulo 21

El gran acontecimiento que suponía el bautizo de Albert Victor tuvo lugar el día anterior al que la baronesa Sampson había fijado para su gran *fête* y se organizó una gran fiesta en Pleasance. A Blanche le había resultado muy difícil esconderle al señor Greydon durante tanto tiempo el secreto de su nuevo puesto en Chesford pero, tal como le comentó a la tía Sarah, el rumbo de su historia de amor verdadero parecía marchar mucho más rápido gracias a que distaba mucho de ser un camino fácil.

—Me encantaría que le hiciera una proposición incluso con sus trescientas libras al año, tía Sarah; sería muy romántico y conmovedor.

—Y tan extraordinariamente tonto, querida mía, que, si lo hiciera, no creería que fuese adecuado para el puesto. Blanche, ¿estás tan ansiosa de que lo consiga porque es un buen clérigo o porque crees que está encariñado con Janet?

—Un poco por ambas cosas, tía, pero, por favor, no diga que soy yo la que cree que está encariñado porque no existe duda alguna al respecto. ¿No se da cuenta usted misma de que está desesperadamente enamorado?

—Mi vida, hace más de medio siglo que tuve mi última experiencia con el amor; todas sus pequeñas muestras y locuras no resultan tan aparentes a través de mis gafas como lo son a los ojos de los jóvenes. Aún así, me atrevo a decir que tienes razón y que espero que la tengas, ya que Janet es una jovencita encantadora y será una buena esposa para un clérigo.

—Sí, será muy útil en Chesford y una buena vecina para mí. Además, si Rose se casa con el señor Harcourt…

—¿Cómo? ¿Otra historia de amor? Mi querida Blanche, espero que no vayas a convertirte en una casamentera, pues de todas las empresas del mundo, esa es la peor y la menos satisfactoria.

—Estaría mal si me sentase y dijese de forma deliberada: «ahí está el reverendo Horace Greydon, amigo de Arthur, un joven excelente; y allí está Janet Hopkinson, que sería la pareja perfecta para él. Voy a intentar que se casen». Puede que incluso, un año después, odiaran tener que verme por haber tenido tal idea. Sin embargo, cuando veo que ambos se sienten unidos y desean casarse, entonces, como un hada bondadosa, tengo que hacer algo y ofrecerles una manera para que se conozcan y se ganen la vida. Así pues, tía Sarah, mi empresa tan solo ofrece los mejores resultados de la felicidad. Me encanta ayudar a la gente joven con sus asuntos amorosos —dijo Blanche en tono formal y reflexivo, dando a entender que sus dieciocho largos años de vida y sus doce meses de matrimonio le habían otorgado la experiencia y la benevolencia propias de una vejez próspera.

—Pero volviendo al asunto de Rose y el señor Harcourt… —dijo la tía Sarah, sonriendo.

—No tengo un interés tan vívido en sus asuntos, ya que no necesitan superar ningún obstáculo, y, aunque el señor Harcourt es un joven caballeroso de buen talante, no puede compararse con el señor Greydon. Además, me parece que desafina cuando canta. Rose se pasará la vida cantando dúos. Debe de estar muy enamorada para cambiar el *tempo* y el tono de *Ah, si ben mío*[69] tal como hizo anoche y, aun así, darle las gracias al señor Harcourt por el desastre tan estrepitoso que él mismo causó al final.

—¿Y qué ocurrirá con tu amiga, la señora Hopkinson, cuando hayas casado a sus dos hijas y su marido se haya marchado a altamar una vez más?

—¡Ay, pobrecita mía! He estado muy preocupada por ella y, a pesar de mi gran imaginación, no se me ha ocurrido ningún final que me satisfaga para mi queridísima Hop. Me gustaría que estuviese cerca del bebé, ya que lo entiende muy bien y, si ella lo cuidase, yo podría cuidar de ella. Es una pena que Chesterton no sea una casa adosada para que ella pudiese ocupar una parte. Un castillo adosado sería toda una novedad.

—Blanche, ¿recuerdas a la madre gorda con mitones negros, las hijas que tocarían el piano, el niño que te molestaría y los horrores de una casa adosada?

[69] N. de la Trad.: Aria de la ópera *Il Trovatore* de Verdi, estrenada en Roma en 1853.

—Perfectamente, tía, y, como ve, a excepción de que Charlie no tira piedras, tenía razón con respecto a los hechos, pero me equivocaba en las conclusiones que deducía de ellos. Aun así, no podría haber imaginado que viviría junto a gente tan excelente; los Hopkinson me han mostrado mucha amabilidad.

—Mi querida niña —dijo la tía Sarah, dándole un beso—, es muy probable que, a lo largo de tu vida, encuentres muchos gestos de amabilidad, ya sean grandes o pequeños, siempre que sigas mostrando el mismo interés en la felicidad de los demás que muestras ahora. La bondad atrae a la bondad y, por eso, mi Blanche encontrará buenos amigos allá donde vaya. Ahora, debes vestirte para el bautizo. Espero que no tengas que formar más parejas.

—No ahora mismo, pero se me ha ocurrido que si la duquesa tuviese otra niñita dentro de uno o dos años, mi bebé seguramente se enamorará de ella dentro de veinte años. Eso sería muy interesante.

Entretanto, bautizaron al bebé y, en cuanto regresaron a casa, Blanche se llevó al señor Greydon a un lugar apartado.

—Hoy ha sido usted el instrumento por el que se ha conferido a mi querido niñito el regalo más grande que Dios le haya hecho al hombre —dijo ella con lágrimas en los ojos—. Rece para que, como usted, sea un buen cristiano de corazón y en su día a día. En este momento, cualquier regalo terrenal parece poco más que una nadería, pero tengo uno para usted.

—Oh, *lady* Chester, no hable de darme un regalo. ¿Acaso supone que la ceremonia que hemos llevado a cabo hoy no ha sido de lo más interesante para mí? ¿Que no ha sido una bendición que se me permitiera tomar mi parte en ella? Le aseguro que estimo mucho al hijo de mi más viejo amigo.

—Sé que lo hace, señor Greydon —dijo Blanche, tendiéndole la mano—. Me he expresado como una tonta. De hecho, se trata de otra bendición que voy a pedirle que nos conceda. Quiero que venga a cuidar de todos nosotros a Chesford; el puesto está vacante y lord Chesterton me pidió que se lo ofreciera a usted.

—¡A mí! —exclamó el señor Greydon—. Oh, *lady* Chester, esto ha sido cosa suya. Chesford, donde estaría cerca de usted y de Arthur. No sé cómo agradecérselo y, además, en este momento, no sabe…

—Sí, lo sé —replicó ella, sonriendo—. Al menos, creo que lo sé gracias a mi propia observación, no porque me hayan hecho ninguna confidencia.

—¿Qué confidencia podrían haberle hecho? —dijo él con entusiasmo—. Tan solo existía el más absoluto abatimiento por un apego que aumentaba cada hora de forma proporcional a la desesperanza. No tenía ni expectativas de conseguir una nueva posición, ni la posibilidad de ofrecerle una casa digna de ella, pero ahora… Oh, *lady* Chester, no puedo decirle lo feliz que me ha hecho.

—Y esperemos que a ella también le haga feliz. No ha mencionado su nombre, pero yo nunca me equivoco, y le aseguro que la idea de tenerla como vecina también me hace feliz a mí. Y, ahora, vaya a hablar con lord Chesterton, ya que ha sido muy amable.

Janet no pudo evitar darse cuenta del gesto de felicidad del señor Greydon durante el corto coloquio que mantuvo con lord Chesterton, ni del entusiasmo con el que, más tarde, se acercó a ella y le ofreció la mano para pasar al comedor. Sin embargo, ella había cambiado en la misma medida en la que había cambiado él. Había pasado el tiempo en el que podía hablar con Rose de sus fantasías juveniles, de sus esperanzas, que eran más ingenuas que sus fantasías, y de sus certezas, que eran más visionarias que sus esperanzas. Desde el momento en el que el señor Greydon empezó a sentir de verdad la preferencia que ella había imaginado cuando no existía, la atrapó la desconfianza que siempre acompaña al amor verdadero. Nunca mencionaba su nombre delante de su hermana; más que buscarlas, rechazaba sus atenciones y, cuanto más evidentes resultaban, menos creía que fuesen dirigidas a ella. Sin embargo, nunca había sido tan feliz. Atesoraba su hogar más que nunca, pensaba que su padre y su madre nunca habían sido tan amables ni les había querido tanto y, en cuanto a Rose, no podía prestarle suficientes atenciones. Casi acabó encariñándose con Willis y, una vez, incluso sugirió que la vulgaridad y la actitud autoritaria de la baronesa no eran tan terribles como todos habían supuesto. Sin embargo, este destello de benevolencia general que nace de la felicidad extrema, desapareció al instante de mano del resto de la familia, que todavía veía la vida a través de una lente mundana.

Janet se sentó a la mesa con una sensación dubitativa de felicidad. Sabía que había ocurrido algo que había emocionado al señor Greydon y, poco a poco, pasó a pensar lo peor: partió de la suposición terrible de que pensaba que su sombrero no era apropiado y, a través de diferentes grados de desgracia, llegó a la conclusión de que tal vez le había anunciado a *lady* Chester que se había prometido con la señorita Simpson, una mujer corriente que, desde luego, no era joven, que daba clases en la escuela dominical y que se suponía que era una heredera. Despertó de su ensimismamiento cuando lord Chesterton se alzó y dijo que, además de aquel en honor del protagonista de la ocasión, quería proponer un brindis por el nuevo rector de Chesford, el reverendo Horace Greydon. Este anuncio fue recibido por los presentes con la mayor de las aprobaciones.

—Bueno, viejo amigo —dijo Arthur—, le deseo de todo corazón que sea feliz. Yo mismo me alegro, pues será divertido tenerle como vecino. Me atrevo a decir que mi padre no le ha contado que la rectoría es una de las casas más bonitas de la zona.

—Le aseguro, señor Greydon —dijo la señora Hopkinson—, que nunca en mi vida había estado tan complacida. Qué suerte será para Chesford tener tan buen clérigo. Me hace feliz pensar en ello, aunque todos nosotros nos vayamos a volver paganos. —Superada por una idea tan adversa, la señora Hopkinson rompió a llorar.

—Por favor, acepte mis felicitaciones —dijo *sir* William de Vescie, llevando al señor Greydon a un lado—. A *lady* Eleanor y a mí nos complacerá enormemente continuar la relación que de forma tan feliz hemos comenzado aquí. Creo que el trabajo es muy bueno, aunque me temo que descubrirá que el carbón es bastante caro. Sé que lord Chesterton estaba pagando por él veintiocho chelines cuando nosotros solo pagábamos veintiséis. Además, la última vez que estuve allí, los productos del carnicero también estaban más caros que donde vivimos nosotros, aunque eso podría haber sido una casualidad. Por todo lo demás, es una residencia encantadora.

Janet no había dicho nada. Cuando lord Chesterton anunció el nombramiento del señor Greydon, dio un respingo y se puso pálida al pensar que se marcharía lejos. Lo que no sabía era que lo que él estaba pensando era si ella querría marcharse con él. Sin embargo, de pronto se encontró con la mano atrapada entre las de él y, aunque prefería creer que se la había tendido en un intento por desearle felicidad, le sobrevino la placentera sensación de que su sombrero no era inadecuado, de que la señorita Simpson tenía al menos treinta y cinco y que, por muy heredera que fuese, el señor Greydon no pensaba en ella. «En cualquier caso —pensó—, esto muestra que me ve como una amiga o, de lo contrario, no me habría estrechado la mano de este modo». Cuando acabó la comida, se levantó con una sensación de felicidad y timidez.

—Así que, ¿de verdad van a ir todos mañana a la *fête* de Marble Hall? —dijo Blanche mientras sus invitados comenzaban a marcharse—. La baronesa lo ha conseguido al fin. Imagino que debe de ser difícil resistirse ante una mujer tan arrogante.

—Bueno —dijo la señora Hopkinson—, desde luego es lo que menos me apetece, pero John cree que será divertido. Además, la señorita Monteneros, a la que mis niñas quieren tanto, las ha presionado para que vayan al menos a una de sus *fêtes*. Y le tiene tanto aprecio a

Charlie que, por algún motivo, no puedo rechazarla. No sé muy bien qué quería decir cuando dijo que sería «una escena pesada y breve, una comedia muy trágica, como hielo caliente o nieve cálida»,[70] aunque Rose dice que tan solo estaba citando a Shakespeare y, por supuesto, lo que dice Shakespeare debe de ser cierto. Además, me encantaría probar el hielo caliente.

—¿De verdad van a ir a casa de esos Simpson o Sampson? —le preguntó Harcourt a Rose—. Creo que sería muy divertido. ¡Imagine que vamos todos! Arthur, ¿vendrá usted también?

—Oh, no, no —dijo Blanche—, eso es imposible. Además, por suerte, no han invitado a Arthur.

—Eso no es problema —dijo Harcourt—. Seguro que los Sampson interpretan que vayamos como un cumplido. No creo que sea necesaria una invitación; son el tipo de gente que piensa que somos formidables y que creen que les confiere estilo que lleguemos sin ser invitados.

—La baronesa me dio algunas invitaciones para los caballeros —dijo la señora Hopkinson—. Creo que pretendía que una de ellas fuera para lord Chester.

—Es muy probable —dijo Blanche—, pero se la puede quedar el señor Harcourt. Arthur está especialmente ocupado ese día.

—Me gustaría ir, Blanche.

—Oh no, querido, claro que no. Después se te ocurrirá desear que yo vaya contigo. Debes controlar estos

[70] N. de la Trad.: Cita del Acto V de *Sueño de una noche de verano* (1600) de Shakespeare.

caprichos tan salvajes, Arthur. Ni siquiera yo soy tan imaginativa, ¿verdad, tía Sarah? Al menos, no hasta el punto de querer entablar amistad con la baronesa Sampson. Pero, de verdad, si asistieras a sus fiestas, tendríamos que invitarla a las nuestras, y seguro que eso no te gustaría.

—No, desde luego que no. Me rindo, Harcourt tendrá que ser formidable por los dos.

—Bien, señora Hopkinson, recuerde que mañana asistiré con sus bendiciones. Será un placer disfrutar de su compañía —añadió Harcourt en voz baja, dirigiéndose a Rose—. Para mí, no será una comedia demasiado trágica.

Capítulo 22

El periódico *The Times* de la mañana siguiente anunció otras dos quiebras en bancos grandes y, en el artículo, se hacían oscuras referencias a un gran capitalista que resultaban del todo ininteligibles para aquellos que no habían sido educados en el lenguaje de la Bolsa pero que, según las explicaciones del muy instruido señor Willis, señalaban a la casa de los Sampson.

—Creo, y no tengo ninguna duda al respecto, que cualquier día me dirán que el tipo ha desaparecido. Además, se llevará con él parte de tu dinero, Charlie —le dijo al niñito, que estaba sentado en sus rodillas—. Lo siento por ti, pero no te preocupes, debemos ser positivos.

La idea de que Willis fuese positivo con respecto a cualquier asunto era tan sorprendente, una novedad tan increíble, que el anuncio fue recibido como si cualquier otra persona les hubiese insinuado una gran desventura. Todos los Hopkinson le observaron, tal como ocurre cuando un animal nuevo llega a los Jardines Zoológicos, con la mayor de las conmiseraciones y cierta curiosidad. Un Willis positivo era un espécimen bastante nuevo, un animal extraño e interesante y, cuando se dieron cuenta de que su abrigo negro había desaparecido y que vestía como cualquier otro caballero corriente con un abrigo de un negro igualmente corriente, la familia le compadeció sin límites. Si hubiese asegurado que había perdido toda su fortuna y que se ahorcaría, las niñas se hubiesen reído y hubiesen señalado que aquello era muy típico de Charles; sin embargo, cuando se dieron cuenta de que pensaba que solo se había perdido parte de su dinero y que, a excepción de por lo que correspondía a Charlie, no tenía intención de sentirse miserable, todos se sumieron en el mayor de los pesares: el capitán Hopkinson le ofreció ayuda, la señora Hopkinson se perdió tras su pañuelo y las niñas, con el pretexto de jugar con Charlie, dieron a Willis golpecitos en el hombro, le acariciaron el pelo y utilizaron todos los métodos de consolación habituales en las hermanas.

—Por cierto, señoritas, he traído dos parasoles muy adecuados para hoy —dijo mientras les entregaba dos artículos muy llamativos de guipur y seda blanca—. En Marble Hall falta muchísima sombra y, si no los usan, se quemarán vivas.

—De verdad —le dijo Rose más tarde a su hermana—, cuando Charles nos dio los parasoles y pareció preocuparse por si nos poníamos morenas o no, pensé que me desmayaría de haber sabido cómo hacerlo. Son idénticos al parasol de la señorita Monteneros que tanto admiramos. Janet, creo que debe de estar enamorado de Rachel y que todo esto es cosa suya.

—No me sorprendería —replicó Janet agitando la cabeza con aire de suficiencia—. Cuando las personas se enamoran son muy benevolentes o, al menos, eso es lo que siempre he oído. Por supuesto, yo no sé nada sobre eso, pero creo que ocurrió algo interesante durante aquella charla tan larga que tuvieron el otro día él y Rachel en el jardín; Charles ha sido un hombre diferente desde entonces. Pero, Rose, es hora de vestirnos.

Cuando llegaron a Marble Hall, cualquier sospecha sobre la prosperidad de los Sampson quedó olvidada. Había más sirvientes con libreas deslumbrantes, más plantas formando un bosque espeso, más piñas y más variedad de hielo (aunque no estaba caliente) que nunca. La baronesa llevaba un vestido de un color amarillo tan brillante que el sol se ofendió y se escondió. Recibió a sus invitados con penosa afabilidad, pues les estaba muy agradecida por haber asistido y, a la vez, temía que no se divirtieran, ya que Mario y Bosio[71] le habían fallado en el último momento. También estaba muy angustiada porque el barón, que estaba ocupado con aquel asunto tan fatigoso de la propiedad escocesa, no había regresado de la ciudad. Dadas las circunstancias, resultaba difícil no responder a su amabilidad. Con la excusa de un mal resfriado, llevaba

[71] N. de la Trad.: Giovanni Matteo Mario (1810-1833) y Angiolina Bosio (1830-1859), dos cantantes de ópera italianos bastante famosos en la época. Mario fue durante muchos años la pareja sentimental de la ya mencionada Guiulia Grisi.

sobre el rostro un velo espeso de encaje pero, a pesar de eso y de la cantidad abundante de colorete que se había aplicado, cualquier observador agudo podría haber detectado el rostro lívido, los labios blanquecinos y los ojos rojos y cansados.

Rachel recibió a sus amigas con la bienvenida más cariñosa y se encomendó a hacer que la señora Hopkinson estuviese cómoda, no sin que Willis, que rondaba por el fondo, hubiese tenido el placer de ver cómo examinaba y, al parecer, admiraba, sus parasoles. La poco habitual cordialidad con la que Rachel le saludó después le convenció de que la amabilidad que él había mostrado a sus cuñadas había satisfecho a la dama a la que amaba.

—No entiendo qué quería decir *lady* Chester cuando afirmó que la baronesa era maleducada y que se daba importancia —dijo Harcourt, uniéndose a las dos hermanas—. Me ha resultado muy difícil escapar de sus muestras de gratitud por honrarle hoy con mi presencia. Me he sentido como un duque y casi esperaba escuchar a la banda tocando *Dios salve a la Reina* mientras me alejaba del jardín con total dignidad. Bien, señorita Rose, ¿deberíamos ir a escuchar la música que suena en el salón? La baronesa asegura que es digna de mi atención.

Nunca sabremos si lo era o no, ya que Harcourt y Rose pasaron por las ventanas abiertas del salón sin que parecieran darse cuenta del volumen del sonido que se colaba por ellas y siguieron caminando hasta un banco en el jardín de las flores, donde parecieron sumirse en una conversación profunda. El señor Harcourt había comenzado el paseo comentando que tenía que decirle algo muy importante. Poco después, el señor Greydon le preguntó a Janet si quería seguir a su hermana y, cuando ella dijo que sí, la condujo en dirección opuesta. Puede que él también tuviese algo importante que decir.

Los murmullos siniestros que comenzaban a circular con respecto a la ausencia del anfitrión entre sus amigos de la milla financiera se esfumaron cuando este apareció de forma repentina. Parecía haber escapado de la gripe a la que la baronesa atribuía su aspecto cambiado, y un velo que hubiese ocultado sus ojos inteligentes, su frente de intelectual o su aspecto general de benevolencia y moralidad hubiese resultado sospechoso. Como siempre, no prestó atención a los entretenimientos del día y estuvo demasiado ocupado hablando con sus ricos amigos sobre el estado deplorable de la familia Corban y su intención de organizar una recaudación de fondos a gran escala para ellos.

—Tal vez Corban no tenga la cabeza necesaria para los negocios pero, a pesar de las quejas que han presentado contra él sus maliciosos acreedores, creo que nunca ha existido un tipo más honesto. Me han dicho que su familia no puede estar peor. Se ha hablado de subir a la palestra a la encantadora señorita Corban, a la que ya han escuchado cantar en las fiestas de mi esposa. Sin embargo, en nombre de la moralidad, debo intentar impedirlo, pues sus talentos vocales, su belleza y su coquetería son auténticas trampas. Yo he dicho que donaré quinientas libras y espero persuadir a muchos otros para que se unan en esta causa. Creo que hay sándwiches y otros refrigerios en el comedor. Deberíamos retirarnos allí y, tras la cena, ver qué podemos hacer por esos pobres Corban.

Así que todos se dirigieron a la sopa de tortuga, la carne de venado y la selección de sándwiches y, después, la idea de que serían caritativos hizo que sintieran un vigor renovado.

Janet y Rose, con aspecto recatado, se habían vuelto a reunir con su padre y su madre y, por supuesto, por mera casualidad, el señor Greydon y el señor Harcourt los encontraron tratando de abrirse paso entre el gentío que se dirigía al comedor y les ofrecieron sus servicios. Consiguieron sitios libres no muy lejos del barón, lo cual era una posición muy ventajosa dado que, de vez en cuando, podían escuchar alguna afirmación sobre moralidad tan bien formulada que se grabaría en sus memorias y que podría serles de alguna utilidad el resto de sus vidas. Su generosidad, ya que seguía hablando con entusiasmo del asunto de los Corban, resultaba tan modélica que Janet comenzó a preguntarse si no debería ofrecerle el soberano que tenía, más como un tributo a la influencia del ejemplo y las exhortaciones del barón que con la esperanza de que fuese a servir de algo. Desde luego, dudaba que él reconociese un único soberano a simple vista, ya que parecía lidiar con ellos exclusivamente en cantidades de cientos y miles.

Sin embargo, en aquel momento hubiese sido imposible hablar con él, ya que le habían llevado una carta marcada como urgente. La leyó con aparente indiferencia, pero las gafas se le cayeron de las manos cuando se las apartó de los ojos.

—Ah, mi querida amiga —dijo, volviéndose hacia una de las grandes damas de la fiesta, que estaba sentada a su derecha—, este es uno de los tormentos insignificantes de la edad que, en algún momento, tendrá que soportar; siempre estoy perdiendo o dejando caer las gafas. Cuide su vista, la mía está bastante cansada.

Puesto que la amiga a la que se dirigía tenía más de sesenta años y ya hacía mucho tiempo que, en la privacidad de su casa, disfrutaba de la comodidad de lo que ella llamaba «cristalitos», se sintió especialmente satisfecha con aquel comentario. La baronesa había visto cómo llegaba la carta y, quizá, el incidente de las gafas hubiese tenido para ella un significado que nadie más podía adivinar. Cuántas veces el rostro del marido, que para la mayor parte de la sociedad permanece del todo tranquilo e impasible, está repleto de revelaciones extrañas y horrores para la esposa que conoce hasta la arruga más pequeña o el gesto más pasajero. La baronesa Sampson se dio cuenta de que, por un momento, a su esposo le había temblado la mano y, para ella, eso lo decía todo. Rápidamente, se pasó el pañuelo por el rostro y, de pronto, se levantó de la mesa. Tenía la tez pálida y temblaba al moverse, lo que confirmaba lo que ella había dicho de que se había sentido mareada de forma repentina, por lo que abandonó la sala murmurando que su gripe y el calor de la habitación le habían sentado mal y que Rachel debía ocupar su lugar.

El barón se quedó un par de minutos, explicando que su esposa llevaba varios días sintiéndose mal y, después, tras haber pedido a sus invitados que se dirigiesen al salón de baile y comenzasen a bailar, salió para preguntar cómo se encontraba. Regresó un poco más tarde y les informó de que la baronesa estaba tan enferma que temía que fuese difícil que volviese a aparecer. Después, tomó del brazo a su hijo, que acababa de llegar, y se dirigieron hacia el camino del jardín que conducía al río. No volvieron a verles.

Los asistentes a la fiesta comenzaron a dispersarse poco después con la sensación de que algo no iba bien, pero limitándose a decir que no deseaban molestar más a su anfitriona. En cuanto a las Hopkinson, se habían retirado en cuanto había terminado la cena. Gracias a las atenciones de Rachel, la señora Hopkinson había estado muy entretenida. Una fiesta de aquel tipo, con una banda de música, canciones y malabaristas, era una novedad para ella, por lo que regresó a casa muy animada y compensando a sus hijas sobremanera por no haber apreciado a su amiga en el pasado.

—Es una de las niñas más buenas y amables que haya conocido. Además, es muy atenta con sus mayores, lo cual considero una cualidad muy buena. He llegado a una edad en la que disfruto de que la gente joven me preste un poco de atención. Es cierto que dice algunas cosas extrañas, pero he estado pensando que, si todos hablásemos del mismo modo o si, por ejemplo, todos fuesen ordinarios como yo, todo sería aburrido, pero la señorita Monteneros es muy divertida. Además, queridas, aunque al principio no lo veía así, estoy bastante segura de que Charles la admira mucho. Nos ha estado siguiendo todo el tiempo, y eso no podía deberse a mí, ya que me ve a menudo. Además, ha sido muy cortés y atento. Ella está muy encariñada con Charlie y, si el niño tuviese que tener una madrastra, ella sería una opción perfecta. Bueno, ya hemos llegado a casa y ninguna de las dos ha dicho una sola palabra. Me temo que no os habéis divertido tanto como yo y no puedo dejar de pensar en Willis. Sinceramente, creo que pronto tendremos una boda en la familia.

Janet estalló en carcajadas y Rose rompió a llorar y, después, intercambiaron los papeles: Janet lloraba y Rose se reía. Entretanto, la señora Hopkinson se dejó caer en el sillón más cómodo y, mientras se quitaba con cuidado su mejor sombrero, las contempló con asombro. Le arrancaron el sombrero de las manos y lo lanzaron al suelo con irreverencia y, antes de que pudiera recuperarse para decir algo, sus hijas le habían rodeado el cuello con los brazos.

—Mamá, queridísima mamá —dijo Janet—. Has mencionado una boda, pero ¿qué dirías de celebrar otras dos? Por supuesto que hemos disfrutado de la fiesta y atesoraremos estos recuerdos durante toda nuestra vida. Mamá, las dos estamos muy felices, salvo por la idea de tener que abandonaros a papá y a ti. Rose está prometida con el señor Harcourt.

—Y Janet con el señor Greydon —añadió Rose.

—Mis queridísimas hijas —dijo la señora Hopkinson, casi sin aliento—, parad un momento; no entiendo nada. ¿Dónde está John? Él dijo que esto ocurriría, y yo pensé que decía tonterías. Así que las dos estáis prometidas y el querido señor Greydon va a ser nuestro hijo. Es un buen hombre y siempre hemos pensado que era mucho mejor que nosotros. Seguro que el señor Harcourt me acabará gustando, Janet. Perdón, quería decir Rose. Seguro que el señor Harcourt me acabara gustando tanto como el señor Greydon cuando le conozca igual de bien. Y, queridas mías, os diré que, siendo tan buenas hijas, seréis excelentes esposas. Espero que seáis tan felices durante vuestra vida de casadas como lo he sido yo. Pero ojalá John viniese a casa. Janet, por favor, recoge mi sombrero, querré ponérmelo para la boda. Ahora, sentaos las dos y contadme cómo ha ocurrido esto; aunque en general no me guste, en esta ocasión podéis hablar las dos a la vez.

Hicieron buen uso de aquel permiso y la señora Hopkinson alternaba su atención entre ambas, a veces en un estado de deleite ante sus perspectivas, y otras en un ataque de desesperación consigo misma. Al final, se sumió en una ensoñación de la que despertó con una sonrisa plácida.

—Mis hijas, la señora Greydon y la señora Harcourt. ¿No es gracioso? Casi había olvidado que ya no sois unas niñas. ¡Ah! Ahí viene John al fin. ¿Cómo deberíamos contárselo?

Sin embargo, no había nada que contar, puesto que habían sido los propios enamorados los que le habían retenido. No le había sorprendido demasiado, ya que había estado más atento a lo que había ocurrido aquel día que su esposa, por lo que fue directo hacia sus hijas y, muy emocionado, las felicitó con afecto por el futuro feliz que les esperaba.

—Te aseguro que esos dos jóvenes son de lo mejor que he conocido —le dijo a su mujer cuando las niñas se hubieron retirado—. Tenía cierto prejuicio contra Harcourt a causa de ese barco destartalado que ha decidido utilizar, pero es tan consciente de todos los méritos de Rosy y le tiene tanto aprecio que, ya que ella no cabe en esa batanga absurda, le di mi consentimiento de buen grado. Es un tipo generoso. Les dije que temía que les decepcionara la cantidad que podía darles a mis hijas y Greydon comentó que, con el excelente sueldo que le ha ofrecido lord Chesterton, no necesitaba nada más. Entonces, Harcourt me llevó aparte y me dijo que deseaba que sumase lo que fuese a darle a Rose a la parte de Janet. Añadió que tendrían fortuna de sobra para ellos, que el señor Greydon daría buen uso a ese dinero y que, en su caso, lo gastarían todo en entradas para la ópera y para conciertos que, aunque resultan muy placenteros, no sirven para nada importante. En general, Jane, creo que debemos estar agradecidos de ver a nuestras dos hijas tan bien posicionadas.

—Sí, querido, estoy muy agradecida, pero nunca antes me había sentido tan triste. Para ti es diferente, John, ya que estás acostumbrado a estar separado de ellas durante un año entero, pero, para mí, son la alegría del día a día. Sé que tú volverás a marcharte al mar. ¿Qué será de mí entonces?

—Debes venir conmigo, amor mío.

El asunto quedó zanjado por el momento, con la pobre señora Hopkinson sintiéndose más egoísta e inquieta que nunca. De algún modo, la visita de *lady* Chester, que llegó preparada para escuchar buenas noticias de la *fête* y que no se sintió decepcionada, la consoló. Insistió en que la señora Hopkinson viese el lado positivo de aquel entuerto, le dijo que era la madre más afortunada del mundo y le presentó un largo camino de nietos que conducía a cualquier desenlace menos a la posibilidad de que tuviese que marcharse a la India. De hecho, *lady* Chester le aseguró con tanta solemnidad que presentía que el capitán Hopkinson no regresaría al mar de nuevo que la mujer acabó creyéndola y se rindió a la idea de que la consideraran especialmente afortunada.

Capítulo 23

A la mañana siguiente, cuando los Hopkinson acababan de terminar el desayuno, recibieron una visita sorpresa de Willis, que parecía encontrarse en un estado de nerviosismo inusual. En lugar de las felicitaciones que habían esperado, profirió algo similar a un juramento y añadió:

—Y el muy canalla ha desaparecido de verdad. Se marchó mientras todavía estábamos en el baile. La policía le estaba esperando en la estación, pero supongo que tenía buenos informantes porque se subió a un barco de vapor y no se ha vuelto a saber nada más de él. Su querida esposa debió de fingir la enfermedad, porque también ha desaparecido. Ahora, señora Hopkinson, necesito que lleve a cabo una de sus buenas obras. Marble Hall está repleto de detectives, mensajeros del Tribunal de Quiebras y de comerciantes arruinados, y esa pobre muchacha, la señorita Monteneros, está sola. Me gustaría que usted...

—Querido, no digas nada más; iré a buscarla. Por supuesto, tiene que venir con nosotros. ¡Cielos! ¡Cómo está el mundo, lleno de cambios! Los Sampson se han marchado, John está hablando de una nueva travesía y las niñas a punto de casarse.

—Sí, lo sé —contestó Willis—. Venía a desearles felicidad. —De hecho, se acercó a besar a sus cuñadas y dijo que estaba encantado—. Y ahora, señora, ¿está lista?

Mientras ella fue a ponerse el sombrero, el capitán Hopkinson le preguntó a Willis a cuánto ascendían sus pérdidas. Él contestó que, si lo del barón Sampson hubiese sido una bancarrota normal, hubiese perdido poco más de un par de miles, pero había rumores de que había llevado a cabo muchas falsificaciones y todavía no podía saber si él era una de las víctimas.

—La señorita Monteneros tampoco sabe si su fortuna también se ha esfumado.

Sin embargo, gracias a la ceguera tan propia de los padres, los Sampson habían creído que Moses era irresistible y que Rachel acabaría casándose con él. El consejo del señor Bolland había evitado el peligro en el que se habría encontrado de entregar legalmente toda su fortuna a su tío, y la ruina de este había sido tan repentina y absoluta, que no había tenido tiempo de conseguir hacerse con todas sus propiedades de forma fraudulenta.

La señora Hopkinson se encontró la casa sumida en el caos y llena de hombres de aspecto extraño. Algunos intentaban apoderarse de objetos valiosos que consideraban suyos porque nunca se los habían pagado, otros intentaban proteger las propiedades en beneficio de los acreedores y todos ellos lanzaban improperios sin medida contra la persona del supuesto estafador. Rachel estaba en su propia habitación, preparándose para la partida, pero a veces se la veía ensimismada y triste, lo que parecía incapacitarla para realizar cualquier esfuerzo. Se encontraba sumida en uno de estos ataques de extenuación cuando llegó la señora Hopkinson y la visión de una cara amiga y honesta quebró de golpe el pesimismo frío que se había apoderado de ella. Estalló en lágrimas y, lanzando los brazos alrededor del cuello de la recién llegada, comenzó a sollozar.

—Ahora estaré mejor. Pensé que vendría a buscarme.

—Por supuesto, querida, vengo a buscarla y a llevarla conmigo —contestó la señora Hopkinson con alegría—. Este lugar no es adecuado para usted. John vendrá aquí directamente para encargarse de sus pertenencias y usted debe venir a casa conmigo. Las niñas están preparando su habitación y, cuanto antes nos marchemos, mejor. ¿Cuándo descubrió todo esto?

—No supe nada hasta esta mañana, me engañaron hasta el final. Cuando terminó la fiesta, subí a ver cómo se encontraba mi tía, pero me crucé con su doncella y me dijo que su señora tenía un dolor de cabeza tan terrible que prefería permanecer en silencio en su habitación. En ese momento ya debía de encontrarse huyendo de Inglaterra para siempre. Esta mañana he encontrado esta nota en su mesa, y eso es todo lo que sé.

Querida Rachel:
A causa de una serie de acontecimientos desgraciados,

a los que se suma la credulidad de tu tío, que con respecto al dinero se muestra despreocupado en exceso, nuestros asuntos se han visto tan enturbiados que creemos necesario abandonar Inglaterra durante un tiempo. No me cabe duda de que se hará justicia con tu tío y que pronto seremos capaces de superar la terrible persecución, pues no puedo llamarlo de otra manera, a la que nos han sometido sus enemigos. Además, un viaje por el extranjero no me resultará desagradable. Consciente de las incertidumbres de la vida comercial, el querido y buen barón, con su amabilidad y su prévoyance, estableció, hace algún tiempo, una buena cantidad de dinero que debían pagarme cuando lo solicitase y, por lo tanto, mi querida Rachel, no debes preocuparte por si me falta alguno de los lujos a los que estoy acostumbrada y que, desde luego, son indispensables para mí. Si descubriera que mis recursos son insuficientes, te pediría ayuda sin pensármelo ya que, gracias al barón, vas a recibir toda tu fortuna intacta. Por lo tanto, considero que tenemos cierto derecho a reclamarte favores, aunque no es probable que nos veamos obligados a hacerlo. Te escribiré desde París.

Tu querida tía:

Rebecca, baronesa Sampson.

—¿Así que se han marchado a París?

—No —dijo Rachel con un suspiro profundo—, eso es mentira, como todo lo demás. Dos sirvientes con dos cajas se han marchado a Folkestone. Si no me equivoco, mis tíos se han ido a Hull y, desde allí, se han embarcado esta mañana con rumbo a Noruega. Señora Hopkinson, déjeme que le diga la verdad ahora mismo. De cara a mis conocidos, siento la desgracia que se ha cernido sobre ellos, la miseria y la ruina generalizada que les han causado a otros. Sin embargo, entre mis amigos puedo decir que no consigo fingir lamentarlo. La baronesa es la única hermana de mi madre y, si me hubiese dejado, en aquellos días de juventud en los que mis sentimientos eran afectuosos, la hubiese querido; pero era imposible. No había nada agradable en la forma en que me trataba, nada de sinceridad en sus relaciones con otros. No puedo explicar lo artificial y miserable que era nuestra vida a pesar de todo su esplendor. Ella ha hecho de mí lo que soy: fría, desconfiada, mal querida e incapaz de amar; pero, al menos, no soy falsa.

—No, querida, desde luego que no. En todo caso, diría que se inclina en el sentido opuesto, a decir verdades desagradables por temor a no poder decir ninguna verdad.

—Puede que sea así —contestó Rachel, afligida—; es cierto que, en general, no suelo gustar a la gente. Hay algo más que debo contarle antes de que pueda entrar en su casa, y tal vez piense que es desagradable como todo lo demás. Sí hay una persona en este mundo a la que le gusto de verdad. O, al menos, eso dice él. Se trata de su yerno y, dado que mi presencia en su casa puede ocasionar que nos encontremos de continuo o puede resultarle incómoda en caso de que, sabiamente, él decidiese mantenerse alejado, siento que usted debe saberlo antes de que yo acepte su generosa oferta. Ahora que lo sabe, ¿todavía quiere acogerme?

—Por supuesto que quiero, mi querida niña, y más ahora que ha confiado en mí. Le aseguro que desearía de todo corazón que se casase con Charles y que se encargara del cuidado de Charlie, ya que no sabemos qué será de él si yo he de marcharme al extranjero con John. Además, Willis tendría muchas cosas buenas si no hubiera adquirido ese hábito tan tonto de quejarse y gruñir. Sin embargo, pensamos que últimamente ha mejorado mucho y, es más, creemos que es gracias a usted. Así que, ya ve, querida, todos podemos ser útiles de algún modo. Ahora, venga a casa. ¡Charlie estará encantado!

Más que nunca, Charlie se convirtió en el atractivo y el interés principal de la vida de Rachel. Se sumió con afecto en la felicidad de Janet y Rose, pero no tenía tanta compañía como ellas. El señor Greydon y el señor Harcourt siempre estaban por allí, entrando y saliendo, caminando y charlando. Rachel los observaba, divertida ante la imagen de aquellas cuatro personas locamente enamoradas. Se trataba de un espectáculo nuevo para ella y, aunque pensaba que era muy entretenido, también le resultaba incomprensible.

A pesar de todo, se decidió a ser útil, especialmente con respecto al ajuar, no solo por sus consejos y su buen gusto, sino por la magnificencia de sus contribuciones. La señora Hopkinson protestaba en vano, pues Rachel se limitaba a reír y alegaba que sabía mejor que ella lo que debería vestir el señor Greydon cuando cenase en el castillo de Chesterton o qué necesitaría el señor Harcourt cuando su regimiento estuviese acuartelado en Windsor. Por lo tanto, le pedía a la señora Hopkinson que no interfiriese.

Mientras tanto, Willis estaba demasiado ocupado tratando de solucionar sus asuntos con los procuradores de los Sampson, pero a menudo pasaba las tardes con su familia y Rachel no pudo evitar darse cuenta de que su interés en ella crecía en lugar de disminuir. La única vez que, por casualidad, se encontraron a solas, él le dio las gracias por cuidar de Charlie y le dijo que pensaba que se alegraría de saber que sus pérdidas por la bancarrota no superaban las diez mil libras que le había dado al barón como anticipo y que había dado por perdidas como una mala inversión hacía tiempo. Rachel pareció consternada y avergonzada. Todavía se sintió más confusa cuando él añadió que, por mucho que su afecto se hubiese fortalecido, no pretendía importunarla repitiéndole su declaración, pero que esperaba que fuese consciente de que sus consejos no habían sido en vano y que ya no pensase en él como alguien falso y deshonesto.

—Espero que los dos hayamos mejorado y sigamos mejorando —replicó ella amablemente—. ¿Quién no podría hacerlo bajo la influencia de toda esta gente de tan buen corazón? —Entonces, centró la conversación en los Hopkinson y los inminentes matrimonios.

Su intención había sido mudarse a la costa tras pasar una quincena en Pleasance, pero Janet y Rose se recreaban con tanta tristeza en la soledad de sus padres y en el consuelo que ella supondría para su madre cuando se hubiesen marchado, que aceptó quedarse hasta que los Harcourt hubiesen regresado de su viaje de novios. Janet no podría abandonar Chesford, pero Rose estaría cerca de Dulham. Tal vez, en el fondo de su corazón, Rachel temiese comenzar su vida en solitario y se aferrase a la amabilidad que había encontrado en Pleasance.

La boda de Aileen fue la primera de las tres pero, dado que podrán leer un relato preciso de la misma en cualquier número del *Noticiario de la Corte*, no es necesario que hagamos ninguna descripción. Todas las grandes bodas tienen un parecido aterrador, pero aquel día fue propicio para los Hopkinson. Era evidente que su estrella aquel año era ascendente. El duque de Saint Maur se había embarcado en una de esas pequeñas especulaciones con las que aquellos de vastas fortunas pueden entretenerse y en las que a veces se arruinan y a veces mejoran sus desmedidas rentas. Había invertido doscientas o trescientas mil libras en construir un muelle y un puerto en la costa de un condado de cuya mitad era dueño. El agente que se encargaba de aquel trabajo había fallecido repentinamente y, cuando el duque mencionó sin querer la dificultad que estaba teniendo para encontrar un sucesor en el que pudiese confiar, a Arthur se le ocurrió que el capitán Hopkinson podría ser la persona adecuada para el puesto. Arthur tuvo la oportunidad de presentarle a su amigo al duque, que se sintió muy satisfecho con su inteligencia y sus modales francos y propios de un caballero. Las labores del puerto eran del tipo para las que el capitán Hopkinson estaba especialmente preparado y, tras las indagaciones y referencias necesarias, la oferta se hizo y fue aceptada.

Así, el capitán Hopkinson se convirtió en el agente del duque en el muelle y el puerto de Seaview, lo que incluía una buena casa y un salario magnífico.

—¡Vaya! Nunca ha existido gente tan afortunada como nosotros —dijo la señora Hopkinson—. Allí estaremos junto al mar, lo que hará feliz a John, pero no dentro de él, lo que me hará feliz a mí. Habrá mucho trabajo y, por supuesto, si cualquiera de ustedes desea un cambio de aires o bañarse en el mar, podrá disfrutarlo al instante. Es curioso cómo acaban las cosas gracias a un poco de buena vecindad y unos sentimientos amables, ya que todo esto es obra de los queridos y amables lord y *lady* Chester. Si lord Chester no hubiese recibido tan buenas atenciones por parte de John, hubiese muerto y no hubiese habido una *lady* Chester; y si yo no hubiese salido durante aquel bendito chaparrón con mi enorme paraguas, ella nunca hubiese sabido que yo era la esposa de John en lugar de una anciana como otra cualquiera, lo que, por otro lado, sí soy. Siempre pensaré que salvé la vida de ese bebé precioso durante aquel confinamiento terrible. Después, si ella hubiese sido alguien con aires de grandeza y superioridad, nunca hubiese situado a mis niñas así, pero las ha tratado como si fuesen hijas de duques, lo que ha acabado en la boda de Harcourt y Rose. También consiguió el nuevo trabajo de Greydon, sin el que no podría haberse casado con Janet. Y, ahora, John ha conseguido un puesto tan bueno gracias a que lord Chester le ha presentado al duque. Nunca había visto nada igual. Bueno, pasado mañana, cuando mis pobres hijitas estén casadas y se hayan marchado, tendré tiempo de sentarme, pensar en ello y sentirme agradecida. De momento, creo que me vendría bien una buena dosis de llanto.

Las bodas de Janet y Rose se celebraron en la pequeña y tranquila iglesia de Dulham. No hubo un gran banquete, ni una reunión de meros conocidos o discursos largos, pero sí hubo varios amigos cercanos, mucho cariño, corazones que respondieron con afecto a los votos que se recitaron con solemnidad y una promesa deslumbrante de felicidad. Entonces llegaron las despedidas apresuradas y todo se acabó. Las niñas se habían marchado.

—Oh, Rachel, querida, es usted casi como otra hija para mí —dijo la madre, llorando—. Ojalá se decidiera a casarse con Willis y ocupar el lugar de Mary. Así, sería parte de nuestra familia y todos acabaríamos satisfechos como los personajes al final de una obra de teatro. ¿No podría sencillamente enamorarse de él?

—Eso es bastante improbable, mi querida señora Hopkinson, pero no es culpa del señor Willis. No creo que esté capacitada para enamorarme de nadie.

—Entonces, querida, lo mismo le da casarse con él que con otro. Creo, al igual que usted, que no es capaz de enamorarse locamente como las tontas de mis hijas, pero Willis está muy enamorado de usted y me inclino a pensar que es mejor que el amor se encuentre en mayor medida de parte del marido. Además, le tiene miedo, lo cual no es de extrañar cuando la esposa es más inteligente que el marido. Usted siempre dice que quiere compensar a Charlie por la pérdida que cree que su tío le ha infligido, pero tenga por seguro que Willis no tomará ni un cuarto de penique de su dinero a menos que la consiga a usted también, Rachel —añadió la señora Hopkinson con voz temblorosa—. Ahora entiendo por qué la pobre Mary no fue feliz con él. Se casó con ella porque le resultaba conveniente tener una esposa que hiciera justo lo que él quería y que no tuviese voluntad propia, pero nunca se preocupó por ella o la admiró como hace con usted. Si se casa con usted, será porque venera el suelo que usted pisa, porque la respeta tanto como la despreciaba a ella y porque, resumiendo, ha descubierto que hay algo que ama más que a sí mismo.

No podemos saber qué efecto tuvo aquel discurso. Los Chester se marchan al castillo de Chesterton y los Hopkinson parten a toda velocidad hacia Seaview. Cambia el escenario y se dispersan los actores, aunque con la certeza agradable de que entre Chesterton, Seaview y Chesford, volverán a encontrarse de continuo. Sin embargo, Pleasance está desierta y, una vez más, en la tercera columna de la cuarta página del *Times*, podemos ver el viejo anuncio: «Dulham. Casa adosada en alquiler».

El libro ya está completo,
se ha acabado como el día,
y la mano que lo ha escrito,
se despide con alegría.

Postdata: Por desgracia, la mano que ha escrito el libro se ve en la obligación de retomarlo. Dada la importancia de los grandes acontecimientos que aquí se han relatado, era imperativo que su publicación fuese inmediata, por lo que el destino de alguien que ha desempeñado un gran papel en la historia había quedado en el aire. Sin embargo, acabamos de recibir el siguiente telegrama:

De nuestro corresponsal especial en Dulham:
Dulham. Sábado. 5:50.
Willis ha recibido un sí por respuesta y está de muy buen humor.

Sumario

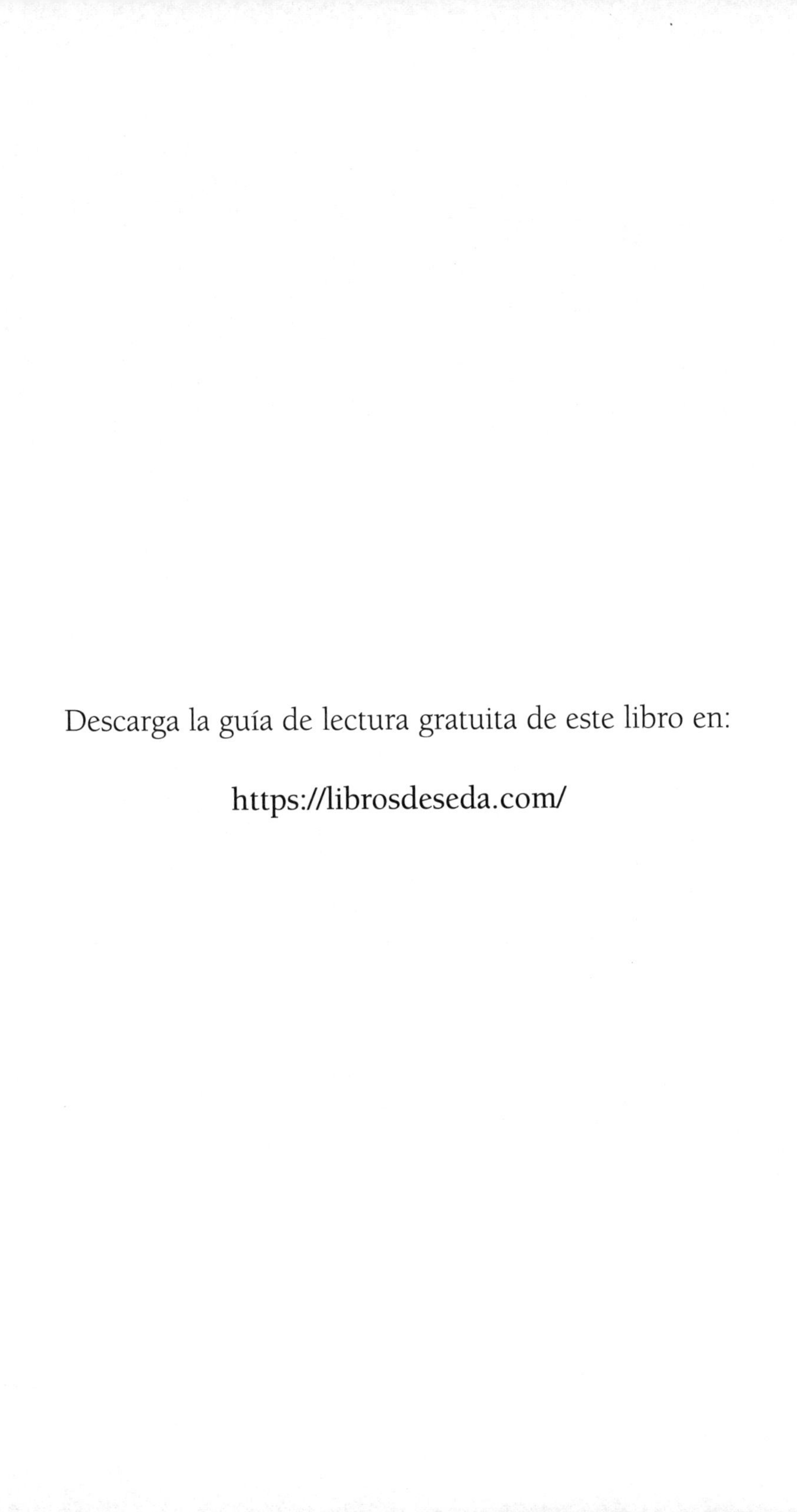

Descarga la guía de lectura gratuita de este libro en:

https://librosdeseda.com/